KB131167

3층 계단

신호종 장편소설

3층 계단

Atree

차례

큰아들의 말년휴가

여름 산은 온통 푸른색이지만,
가을 산은 울긋불긋하다.
찬 서리가 내리고 나서야 비로소
색이 변하는 나무인지, 변치 않는 나무인지 구별되듯이
시련을 겪고 나서야 사람을 제대로 알게 된다.

2020년 10월 31일 토요일

오후 4시가 가까워지자 동부중학교 교문 앞으로 사람들이 하나둘 모여들기 시작했다.

교문은 안에서 잠겨 있고, 교문 위에는 '제31회 공인중개사 시험 고사장'이라고 적힌 플래카드가 바람에 펄럭였다. 삼삼오오 모여든 사람들은 저마다 누군가를 기다리는 듯했다.

교실 안에서 벨 소리가 울리자 굳게 닫혀 있던 교문이 활짝 열렸고, 사람들이 교문 밖으로 한꺼번에 우르르 몰려나왔다.

"엄마, 여기요. 여기!"

깡마른 체구에 안경을 낀 50대 여자를 몇 사람이 큰 소리로 불렀다. 여자는 웃으면서 그쪽으로 걸어갔다. 그녀를 향해 소리친 사람들은 여자의 가족으로 보였다.

"엄마, 시험 잘 봤어요?"

"시험 문제는 잘 봤는데, 답안은 영 자신이 없다."

여자의 대답에 그곳에 모여 있던 사람들까지 소리 내어 웃었다.

나이든 남자가 여자의 손을 덥석 붙잡았다.

"여보, 고생 많았어."

"…"

"엄마! 그동안 고생 많으셨어요. 도전하는 엄마가 너무 멋져요."

20대 초반의 여자가 꽃다발을 내밀었다. 하얀 장미꽃 한 다발이었다.

"영서야, 고맙다."

"엄마! 오늘 저녁은 뭘 드시고 싶으세요?"

"글쎄? 뭘 먹을까?"

"오늘은 제가 뭐든 다 사드릴게요."

머리를 짧게 깎은 20대 초반의 남자가 다정하게 여자의 어깨를 감싸며 말했다.

"영광아, 고맙다. 너희들을 보니 엄마는 먹지 않아도 배가 부르다."

여자의 눈가에 어느새 눈물이 고였는지 안경을 벗고 손등으로 눈물을 훔쳤다.

"엄마는 우리에게 꿈과 희망을 주셨어요. 엄마가 자랑스러워요."

조용히 있던 머리가 좀 긴 남자가 여자를 향해 엄지손가락을 치켜세우며 말했다.

"영수야, 고맙다."

"제가 장리단길 먹자골목에 새로 문을 연 맛집 하나를 소개할까요?"

"영수야, 장리단길에 맛집이 많이 생긴 건 알지만, 오늘은 모처럼 온 가족이 모였으니 덕풍천을 좀 걸을까?"

"예, 엄마. 그럼 여기서 미사동까지 걸어가서 그곳에서 저녁 먹어요!"

"자, 그럼 오늘 저녁은 미사동으로!"

꽃다발을 건네준 젊은 여자의 말에 누구도 토를 달지 않았다.

학교 교문에서 신장시장 방향으로 잠시 걸어 나오자 꽤

넓은 하천이 하나 보였다.

덕풍천이다.

남한산성 고골 계곡과 금왕산 자락에서 모인 물이 한강까지 흐르는 하천이다.

한강까지 곧게 뻗은 덕풍천은 아무리 비가 많이 내려도 홍수 피해를 주는 일이 없었다. 광주향교에 있는 은행나무가 500년 동안 살아 있는 것만 봐도 알 수 있다.

여자는 걷다가 뭔가 갑자기 생각난 듯 덕풍천을 가만히 바라보았다.

'덕풍천은 아이들에게는 떡을 감고 놀았던 곳이고, 내게는 온갖 푸념과 고민을 모두 털어놓았던 곳이지. 그때마다 덕풍천은 내 고민을 스펀지처럼 다 받아서 한강까지 전해주곤 했지.'

덕풍천을 따라 잠시 걷다 보면 하남시청이 보이고, 곧 아파트 사이를 지나치게 된다. 한강과 만나는 하류에 다다르면 신세계가 열리듯 확 트인 광장 같은 곳이 나타난다.

범람원, 당정섬이다.

오랜 시간 모래가 쌓인 그곳은 하남과 남양주를 잇는 나루터 마을이었다. 언젠가 큰 홍수로 그곳에 살던 사람들은 다 떠났고, 지금은 고니 떼와 야생동물의 안식처로 남았다.

이곳에 사람이 살았던 마을의 흔적은 찾아볼 수 없고, '당정뜰', '당정지하차도'라는 이름만 남아 있을 뿐이다.

"여보. 애들하고 먼저 가세요. 난 영광이랑 뒤따라갈게요."

강바람에 당정섬 갈대가 흔들리면서 바람 소리를 냈다.

두 사람 사이에는 뭔가 꼭 해야 할 말이 있는 듯했다.

"영광아! 난 고민거리를 가지고 이곳에 올 때마다 생각하는 게 있단다."

"뭔데요?"

"'선택'이라는 단어야."

"예? 선택이요?"

"응. 예전에는 당정섬 마을에서 한강을 똑바로 건너가면 남양주였고, 오른쪽은 팔당, 왼쪽은 서울이었잖아."

"예, 그랬었겠지요."

"그래서인지 엄마는 이곳에 올 때마다 선택을 해야 한다는 압박감을 느끼곤 했단다."

"선택에 대한 압박감이요?"

"응. 엄마가 가진 고민에 대한 가장 좋은 선택을 해야만 한다는 압박감."

"아하! 엄마 말씀을 들어보니 이해가 되네요."

남자는 궁금했던 게 한순간에 확 풀렸다는 듯한 표정을 지었다.

"엄마는 영광이가 말년휴가를 나온 이후에 유난히 많은 선택을 해야 했단다."

"…"

남자는 여자가 선택이라는 말을 왜 계속하는지 궁금한 표정을 지었지만 아무 말 없이 걷기만 했다.

"엄마. 제 삶을 바꾼 말이 바로 '선택'과 '용기'였어요."

"선택과 용기?"

"예. 할아버지께서 저에게 당부하신 말씀이기도 했고요."

"그랬어?"

"제가 돈을 벌겠다고 집을 나설 때, 할아버지께서는 '괴물과 싸우는 자는 스스로 괴물이 되지 않도록 조심해야 한다'고 말씀하셨어요."

"그랬구나."

"'괴물과 싸우다 보면 자신도 모르게 괴물이 될 수 있다'고 하시면서요."

말년휴가를 나오자마자 공사장 아르바이트로 돈을 벌어보겠다고 했던 영광이가 갑자기 대학 입시를 준비한 수수께끼가 조금은 풀리는 것 같았다.

어느새 미사리 둑길, 하안단구에 도착했다.

이곳에서 바라보는 한강은 언제 보아도 변화무쌍하다. 특히 강 건너 고층 아파트와 미사대교, 강변도로 차량에서 비추는 불빛들이 찰랑대는 한강 물 위에 비칠 때면 마치 라스베이거스 벨라지오 호텔 야외분수 쇼를 보는 것처럼 환상적이다.

오랜만에 온 가족이 미사동에서 함께 저녁을 먹고 천천히 걸었다.

큰아들이 군입대 하기 전 함께 식사한 이후 첫 가족 식사였다.

"오늘 하얀 장미는 누가 준비했니?"

"영서가 골랐어요."

"영서야, 고마워."

"엄마. 하얀 장미의 꽃말이 무엇인지 아세요?"

"음. 존경, 순결인 것 같은데."

"와우! 엄마가 그걸 어떻게?"

"하얀 장미꽃은 엄마가 제일 좋아하는 꽃이란다."

"아, 그랬어요? 엄마, 저희가 너무 무심했네요."

"아니다."

"엄마. 정말 죄송해요."

"아니다."

말수가 적고 머리가 긴 남자가 말했다.

"엄마한테 딱 어울리는 꽃말이네요."

"영수야, 고맙다."

여자는 장미꽃 다발을 코에 대고 숨을 들이마시며 향기를 맡았다.

하남시청 부근에 다다랐을 때 여자의 남편은 가게로, 두 아들은 독서실로, 딸은 학원으로 뿔뿔이 흩어졌다.

여자는 가족과 헤어져 혼자 집으로 돌아오는 길이 유난히 멀게 느껴졌다.

집에 도착하자마자 빈 병에 물을 넣고, 하얀 장미꽃을 꽂았다. 책상 한편에 꽃병을 올려놓고 의자에 앉았다.

'2020년 제31회 공인중개사 시험 도전!'이라고 쓴 글귀가 책상 전면에 붙어 있고, 책들이 너저분하게 놓여 있었다.

여자는 흐트러져 있는 책들을 한 권씩 군청색 더플 백에 넣기 시작했다. 큰아들이 말년휴가 나올 때 메고 왔던 그 가방이었다. 그가 인테리어 현장 일을 하겠다고 집을 나설 때에도 옷가지와 수건을 담았던 그 가방이었다. 가방에는 뭐든지 쉽게 넣을 수 있었다.

책들을 가방 안에 다 넣고 났을 때 책상 한쪽에 놓여 있는

노트 한 권이 눈에 띄었다.

첫 장에는 이렇게 적혀 있었다.

'코로나19로 힘들고 아팠지만 53년 동안 깊이 잠든 나를 코로나19가 흔들어 깨웠다. 그래서 코로나19가 한편으로는 고마웠다. From 나 To 예주.'

여자의 고민거리를 다 담아둔 일기장이었다.

첫 장을 펼치고 살며시 눈을 감은 여자는 지나온 일들을 하나씩 떠올리는 것 같았다.

말년휴가를 나온 큰아들이 공사 일을 한다고 한 달이나 집을 떠났던 일, 집을 비워달라는 집주인의 내용증명, 딸의 조용한 반항, 온라인 예배의 설교 말씀, 남편의 결정장애, 코로나19로 인한 시아버지의 갑작스러운 죽음 등등….

2020년 5월 29일 금요일

오늘은 군에 간 큰아들 영광이가 말년휴가를 나오기로 한 날이다.

지난주에 나온다고 했다가 갑자기 1주일 연기되었지만, 그 이유도 알 수 없었다. 아마도 코로나19 때문일 거라고만 생각했다.

휴가가 취소되지 않고, 나올 수 있다는 것만으로도 감사해야 했다.

갑자기 약속이 취소되고, 변경되는 일이 낯설지 않은 일상이 되었다. 감염자 숫자, 감염자 접촉, 집단감염 등 코로나19는 무엇이든 마음대로 바꿀 수 있는 괴물이었다. 겨우 마음을 추슬러 1주일을 더 기다릴 수 있었던 이유이기도 했다.

창문을 통해 들어오는 햇살은 엷은 오렌지 색조를 띄고 있었다. 겨우내 황사와 미세먼지로 고생한 보상일까? 오늘은 공기가 유난히 맑고 상쾌했다.

아들이 오는 날이고, 내 기도에 대한 응답이라고 생각했다.

한 시간만 더 기다리면 영광이가 집에 도착할 시간이다. 10개월 만에 아들을 보게 되는 것이다.

창문을 통해 보이는 밖은 급작스럽게 변하고 있었다. 갑자기 구름이 하나둘씩 모여들더니, 어둑어둑해지면서 금방이라도 소나기가 쏟아질 기세다.

코로나19가 날씨마저 바꾸는 괴물일까? 갑자기 불길한 예감이 들기 시작했다.

나는 얼른 손을 모아 주님께 기도를 드렸다. 내가 할 수 있는 일은 오로지 기도뿐이었다. 내게 기도는 시작이요, 끝이요, 만병통치다.

아들은 지난해 여름에 한 번 휴가 나온 이후 10개월 만에 집에 오는 것이다. 코로나19 때문이다.

나는 아들이 제대를 앞두고 11월에 있을 수능시험을 열심히 준비하고 있으리라 믿었다.

답답한 마음에 식탁에 앉아 눈을 감고 기도를 했지만, 기도가 잘 나오질 않았다. 자세를 바로잡고, 더 큰 소리로 기도하려는데 현관문이 열렸다.

"충성!"

큰 소리와 함께 군복을 입은 군인이 거수경례를 한 채 서 있었다. 나는 식탁에 앉아 있다가 맨발로 달려 나가 그를 덥석 껴안았다.

"영광아! 드디어 나왔구나. 어디 좀 보자. 오호, 하나님! 감사합니다."

영광이가 거수경례를 한 채 큰 소리로 외쳤다,

"아들. 휴가 나왔습니다. 어머니께 신고합니다. 충성!"

양손으로 아들의 양 볼을 쓰다듬은 채 한동안 그대로 서 있자니 나도 모르게 눈물이 핑 돌았다. 막혔던 눈물샘이 뚫린 듯 눈물은 멈추지 않고 양 볼을 타고 흘러내렸다. 기다림과 안도의 눈물이라고 생각했다.

영광이가 메고 있던 둥근 배낭을 내려놓고, 집 안으로 들어섰다.

"영광아, 고생 많았다. 코로나19로 휴가도 못 나오고 힘들었지?"

"아닙니다, 엄마! 코로나로 훈련도 적었고, 휴가 못 나온 대신 한 달이나 일찍 제대하게 되었습니다!"

"영광아, 주일마다 교회에 나갔지?"

"…"

교회에 나갔느냐는 말에 영광이는 아무런 대답도 하지 않았다. 영광이가 교회에 제대로 나가지 않았음을 직감적으로 알아차릴 수 있었다.

"영광아! 할아버지께서 작은방에 와 계신다. 인사드려라."

영광이는 모자를 고쳐 쓰고는 작은방으로 걸어갔다.

"할아버지! 저 영광이에요."

"응? 영광이가 나왔어?"

"예, 할아버지. 저 휴가 나왔어요."

시아버지는 눈을 크게 뜨고 몸을 좌우로 움직였지만 혼자서는 일어나지 못했다. 영광이가 얼른 다가가 부축해서 간신히 벽에 기댄 채 다리를 쭉 펼 수 있도록 도왔다.

"할아버지! 절 받으세요."

"오냐. 영광이가 휴가 나왔다고?"

"예, 할아버지. 오늘 말년휴가 나왔고, 한 달 후에는 바로 제대해요."

"뭐? 벌써 제대한다고? 작년 1월 초에 입대했잖아?"

"예, 할아버지."

한 달 후에 제대한다는 말에 시아버지는 손자가 휴가를 나왔다는 기쁨보다는 근심 어린 눈치였다.

"너 군에서 뭐 잘못한 일이라도 있었냐?"

"아니요? 작년 1월 7일에 입대했다가 오늘 말년휴가 나온 거예요."

"3년은 근무해야 만기제대 아니냐?"

시아버지는 여전히 의문이 풀리지 않는다는 듯 걱정스러운 표정으로 되물었다.

"아버님. 지금은 군 복무 기간이 18개월로 줄었어요. 금년에는 1월 말경부터 코로나19로 휴가나 외출이 금지되어 잔여 휴가 일수만큼 일찍 제대한대요."

"뭐? 군 복무 기간이 18개월이라고?"

시아버지는 며느리가 군에 관해서 뭔가 잘못 알고 있다는 말투였다.

"예, 아버님. 복무 기간이 법으로 18개월로 단축되었어요."

법으로 단축되었다는 말에 시아버지는 그제야 내 말을 조금은 믿는 것 같았다.

"18개월이면 상등병인데. 좀 알 만할 때 제대시키면 나라는 누가 지키나? 나라가 뭔가 잘못되어 가고 있어. 큰일이야, 큰일."

시아버지는 개성에서 태어나 한국전쟁 때 가족들과 남한으로 피난 나오다가 가족은 다 죽고 혼자 살아남았다. 그의 나이 열한 살이었으니 전쟁고아나 마찬가지였다. 화원에서 사환으로 일하면서 주경야독으로 고등학교 과정을 마쳤고, 하사관으로 군에 입대했다. 20년 동안 군 복무하다 시어머니를 만나 홍천에 정착하게 되었다.

홍천에서 정착하게 되었던 또 다른 이유는 바로 무궁화꽃 때문이었다. 춘천에 근무할 때, 군부대 조경 업무를 담당하면서 한서 남궁 억 선생의 무궁화 사랑과 애국심을 알게 되었다. 봄 한 철에 피었다가 지는 벚꽃과는 달리, 여름부터 가을까지 100일이 넘도록 피고, 지고, 또 피는 무궁화꽃에 관심을 갖게 되면서 홍천이 그의 제2의 고향이 되었다.

영광이의 말년휴가는 가족 모두에게 기쁨이요, 활력이 될 것으로 기대했다.

하지만 영광이는 휴가 나온 다음 날부터 집 밖으로 나돌아다녔다. 그동안 못 만난 친구를 만나는 것으로 생각했지만, 어딘지 모르게 입대 전과는 많이 달라진 모습이었다.

집에 온 지 10여 일이 지난 후에야 영광이와 마주 앉았다.

"영광아! 대학 입시를 다시 시작해야지?"

"..."

영광이는 아무런 대답도 하지 않았다.

순간 나는 그동안 영광이에게 뭔가 나쁜 일이 있었던 것 같다는 불길한 예감이 들었다. 주일에 교회도 가지 않았고, 대학 입시 준비도 하지 않았다는 생각이 들었기 때문이다.

영광이는 고등학교 2학년 때까지는 학업성적이 상위권이었는데, 고3 때 친구들과 컴퓨터게임에 빠져 대학 진학에 실패했다. 재수와 3수까지 했지만 성적은 신통치 않았다.

영광이는 입시 준비를 하는 동안 하루도 빠짐없이 나와 새벽기도를 다녔다. 영광이가 컴퓨터게임에서 빠져나올 수 있었던 것은 오로지 새벽기도 덕분이었다고 나는 굳게 믿었다. 마음을 잡고 다시 공부를 시작할 무렵, 2019년 1월 7일 논산훈련소로 입소하라는 입영통지서를 받고 입대하

게 되었다,

"엄마. 저 며칠 동안 일자리 구하러 다녔어요."

"뭐? 친구 만나러 다녔던 게 아니라, 일자리를 구하러 다녔다고?"

"예, 엄마."

나는 문득 영광이가 말년휴가 나오던 날, 맑은 하늘이 갑자기 흐려졌던 기억이 떠올랐다. 영광이의 말년휴가는 곧 닥쳐올 불길함의 전조일 수도 있다는 생각이 들었다.

그날 이후 영광이는 새벽에 집을 나갔다가 밤 12시가 다 되어서야 집에 돌아왔다. 그가 입었던 옷에서는 쾨쾨한 땀 냄새와 페인트가 묻어 있었다. 공사 현장에서 일하는 것이 틀림없었다.

십여 일이 지나자, 영광이가 내게 흰 봉투 하나를 내밀었다.

"이게 뭐니?"

영광이는 대답 대신 얼른 내 손을 잡아당겨 손안에 봉투를 쥐어 줬다. 나는 영광이가 내 손에 쥐어 준 봉투를 얼떨결에 받고 말았다. 영광이의 손은 거칠었지만 힘이 느껴졌다.

"엄마. 그동안 일해서 번 돈이에요. 할아버지께 맛있는 것도 사드리고, 살림에 보태 쓰세요."

"이 돈은 받을 수 없다. 네가 번 돈이니 모아 두었다가 공부할 때 써라."

영광이는 봉투를 되돌려 주려는 내 손을 뿌리치고는 쏜살같이 밖으로 뛰어나갔다.

나는 놀라서 아무 말도 못 하고 멍하니 서 있었다.

'아들이 어쩌다가 이렇게 변했을까? 아들을 이렇게 만든 것은 무엇일까?'

나는 불길한 생각이 들어 두 손을 모아 기도를 드렸다.

하나님 아버지.

1년 동안 한 번도 빠짐없이 새벽기도에 다녔던 영광이가 군에 있으면서 어떻게 이렇게 변했나요?

그동안 제가 한 기도는 군대에는 미치지 못했나요?

살아서 역사하시는 하나님.

영광이가 사탄의 유혹에 빠지지 않도록 눈동자처럼 보살펴주세요.

하나님께 모든 것을 맡기오며, 간절히 기도드리옵니다.

아멘.

며칠 후 영광이는 휴가 나올 때 메고 왔던 둥근 배낭에 옷가지와 수건을 잔뜩 챙겼다.

"엄마! 인테리어 일이 지방에 있어서 한 달 정도는 일하고 와야 할 것 같아요."

"뭐? 한 달 동안이나?"

"예."

"어디로 가는데?"

"원주요. 병원인데 공사가 한 달 정도 진행될 것 같아요."

"영광아! 그만두면 안 되겠니? 네가 무슨 돈을 벌어보겠다고 그러니?"

영광이는 말없이 짐을 챙기고 있었다.

"돈은 아버지가 벌고, 너는 공부를 해야지."

"엄마! 솔직히 아빠도 무척 힘들어요. 요즘 하시는 가게도 어렵잖아요?"

"그야 그렇지만…."

나는 더 이상 말을 하지 못하고 머뭇거렸다.

"엄마! 걱정 마세요. 이제부터는 제가 돈을 벌어서 집도 사고 할 테니까요."

"뭐? 네가 돈을 벌어서 집을 산다고? 네가 뭘 해서 돈을 벌어오겠다고 그래? 하라는 공부나 열심히 해!"

그동안 참았던 울분이 한꺼번에 폭발해서 나도 모르게 큰 소리를 치고 말았다. 영광이도 물러서지 않고, 오히려 더 큰 소리로 말했다.

"엄마! 왜 그동안 우리 집안 경제 사정을 제게 말해주지 않으셨어요?"

"내가 무슨 말을 안 해 줬다는 거야?"

"집안 경제 사정을 제게는 알려주셨어야죠. 그리고 전 장남이잖아요."

"너는 열심히 공부에 집중하라고 그런 거지…."

"엄마! 군에 있으면서 제가 얼마나 바보가 되었는지 아세요?"

"네가 군대에서 바보가 되었다는 말은 또 무슨 말이야?"

"동기들은 자기 집안 경제 사정을 훤히 알고 있는데, 저만 아무것도 모르고 있는 거예요. 어떤 동기는 주식 투자도 하고, 세상 물정도 잘 아는데 저만 아무것도 모르는 바보였던 거예요."

"…"

영광이의 말에 나는 아무런 말도 하지 못했다.

"엄마와 아빠는 왜 저를 바보로 만들었어요?"

지금까지 영광이가 내게 이렇게 대든 적은 단 한 번도 없었다.

'내 말에 그토록 순종하던 아들을 무엇이 이렇게 변하게 했단 말인가?'

"우리는 집도 없이 전세로 살잖아요. 그것도 하남에서요. 둔촌동에서 계속 살아야 했는데 왜 하남으로 이사 왔어요?"

"…"

나는 영광이가 하는 말에 뭐라고 대답해야 할지 아무 생각도 떠오르지 않았다.

"엄마! 집을 이사할 때에는 가족의 동의를 구해야 하는 것 아닌가요? 최소한 이사해야 하는 이유라도 알려줬어야죠. 그 집이 엄마 아빠만의 집은 아니잖아요?"

영광이는 그동안 쌓아 두었던 불만을 한꺼번에 다 쏟아내듯이 큰 소리로 말했다. 불만이라기보다는 울분과 절규에 가까웠다. 영광이의 지금 모습은 입대하기 전의 그와는 완전히 다른 사람처럼 보였다.

큰 소리가 나자, 시아버지가 인기척을 했다.

"어미야! 무슨 일이냐?"

"예, 아버님. 영광이하고 이야기를 좀 하고 있어요."

"나도 다 들었다. 영광아! 잠깐만 내 방으로 들어오거라."

"아버님! 영광이하고 이야기가 다 잘 끝났어요. 죄송해

요."

나는 재빠르게 검지를 내 입술에 대고는 영광이에게 조용히 하자는 시늉을 했다.

"아니다. 영광아! 할애비하고 이야기 좀 하자꾸나."

"…"

"너도 이젠 다 컸으니 이 할애비가 이야기 좀 하고 싶어서 그런다."

"…"

"영광아! 어서 들어오거라."

영광이가 아무런 대답을 하지 않자 시아버지는 재촉하듯 말했다. 그 목소리는 군인 출신답게 우렁찼고, 차분하면서도 힘이 느껴졌다.

"예, 할아버지."

영광이를 따라 작은방으로 들어가려는 나에게 시아버지가 손사래를 쳤다.

"어미는 나가 있거라. 오늘은 영광이와 단둘이서 이야기를 좀 하고 싶구나."

그 말에 나는 밖으로 나왔지만, 방 안의 이야기를 엿듣기 위해 문밖에 바싹 붙어 서 있었다. 만약 방 안에서 큰 소리라도 나면 재빠르게 안으로 들어갈 생각이었다.

"영광아! 네가 엄마하고 하는 말을 다 들었다."

"할아버지, 죄송해요."

"아니다. 영광이가 자랑스럽구나. 할애비는 자식을 셋이나 키웠지만, 영광이가 이 할애비보다도 열 배, 백 배는 더 낫다."

"죄송해요. 할아버지."

"아니다. 네가 군대에서 많은 것을 보고 느꼈구나?"

"예. 제가 군에서 새롭게 알게 된 것은 다른 애들은 다 주식이다, 부동산이다, 세상일에 관심이 많은데 저만 아무것도 모르고 있었다는 거였어요."

"그랬구나."

"특히 제대를 앞둔 한 선임병의 말 때문에 며칠 동안 잠을 제대로 이루지 못했고, 괴로웠어요."

"선임병이 뭐라고 말했기에?"

"네 아버지 재벌이냐? 어떻게 주식이나 부동산에 관해 그렇게 모르냐? 지금까지 고생 한 번 안 하고 산 것 같다. 너희 집은 어디냐? 몇 평이나 되냐? 저는 선임병 말에 한마디 대답도 못 하고 그냥 멍하니 서 있기만 했어요."

"그런 일이 있었구나."

"하남에 살고 있고, 동생이 둘이나 있는 장남인 제가 세상

30

물정을 너무 모르고 있었다는 게 창피했어요."

방 안에서는 영광이가 말하고, 시아버지가 들어주는 차분
한 분위기였다. 더 이상 방 안의 대화를 엿들을 필요는 없을
것 같았다.

식탁에 앉아 차분하게 기도를 하면서 영광이가 나올 때만
을 기다렸다. 거의 2시간이 지나서야 할아버지 방에서 나왔
다.

"영광아. 뭐 좀 마실래?"

나는 식탁에서 일어나 냉장고 쪽으로 가면서 말했다.

"예, 엄마! 시원한 물 한 잔 주세요."

나는 얼른 시원한 물과 오렌지 주스를 컵에 담아 식탁에
놓고, 영광이와 마주 앉았다.

"영광아. 원주로 일하러 꼭 가야겠니?"

나는 영광이의 얼굴을 쳐다보면서 조심스럽게 물었다. 아
무런 대답을 하지 않았지만, 표정으로 볼 때 이미 가겠다고
마음을 굳힌 것 같았다.

"할아버지께도 한 달 동안 일하러 간다고 말씀드렸니?"

"…"

영광이는 아무런 대답을 하지 않고 연신 물만 마셨다.

"할아버지께서는 가지 말라고 말씀하셨지?"

역시 아무런 대답도 하지 않았다.

하지만 조금 전까지 그렇게 대들던 영광이가 시아버지와 대화하고 나온 뒤에는 아주 온순해진 것을 보면 시아버지가 잘 설득했음이 틀림없다고 확신했다.

"아니요. 할아버지께서는 내가 꼭 가고 싶으면 잘 다녀오라고 하셨어요."

"뭐? 할아버지께서 승낙하셨다고?"

너무 뜻밖이어서 나는 영광이의 얼굴을 빤히 쳐다보면서 말했다.

"예. 내 말이 믿기지 않으면 저랑 같이 할아버지께 직접 물어보실래요?"

영광이는 탁자에서 일어나 내 손을 붙잡고, 당장 할아버지 방으로 같이 들어가서 확인해보자는 시늉을 했다. 나는 영광이의 손을 뿌리쳤다.

"엄마. 저 이제 출발해야 해요. 일할 때에는 전화를 받지 못할 수도 있으니, 일 마치고 전화 드릴게요."

영광이는 미리 싸놓은 가방을 어깨에 둘러메고 집 밖으로 나갔다. 현관문이 닫히는 소리를 듣고서야, 나는 잠에서 깨어난 듯 얼른 밖으로 나가서 영광이를 향해 소리쳤다.

"영광아! 건강해. 그리고 어려울 땐 하나님께 기도드려라.

알았지!"

영광이는 뒤도 돌아보지 않고 빠른 걸음으로 걸어갔다. 나는 영광이가 보이지 않을 때까지 한동안 문밖에 멍하니 서 있었다.

영광이가 떠나고 나자, 집 안에는 나와 시아버지 둘만 남았다.

나는 한 달 동안이나 노동일을 하러 간다는 손자를 붙잡지 않은 시아버지가 원망스럽기까지 했다. 아무리 생각해도 오늘은 평소 시아버지와는 완전히 다른 모습이었다.

당장이라도 작은방으로 들어가서 시아버지께 영광이에게 일하러 가도 좋다고 승낙하셨는지 확인하고 싶었지만, 용기가 나질 않았다.

나는 답답한 마음에 안방에 들어가서 조용히 기도했다. 하지만 오늘따라 기도는 잘 나오지 않고, 복잡한 생각만 떠올랐다.

살아서 역사하시는 하나님.

제게 주시는 이 시련은 다 하나님께서 예비하신 것이라 믿습니다. 천지 만물을 창조하신 하나님의 뜻대로 영광이에게 큰 은혜를 주시리라 믿습니다.

저는 오직 하나님께 모든 것을 맡길 뿐입니다.

나약한 저는 다른 방법도 모릅니다.

기적과 역사를 제게 보여주신 하나님을 굳게 믿사옵니다.

아멘.

장사를 마치고 집에 들어온 남편은 대충 씻고 나서는 바로 잠자리에 들려 했다. 그런 그를 내가 돌려세우고는 물었다.

"여보! 영광이가 군대 갔다 온 다음부터 좀 이상하지 않아?"

"왜? 뭐가 이상한데?"

"군대 가기 전에는 경영학과에 꼭 가겠다고 했는데, 요즘은 대학에 갈 생각이 전혀 없는 거 같아서…."

"그래?"

"말년휴가 나온 뒤부터 영광이의 행동을 보면 예전의 모습과는 너무 달라서…."

"군에 갔다 오면 좀 의젓해지고 그런다잖아. 좀 있으면 예전처럼 되돌아올 거야. 좀 더 지켜봅시다."

남편은 대수롭지 않은 일처럼 말했지만, 내가 계속 걱정을 하자 마지못해 나를 달래기 시작했다.

"내가 영광이랑 터놓고 대화해볼게. 그만 잡시다."

상대방이 조금이라도 불편해할 것 같으면 그 어떤 말도 하지 못하는 남편이 오늘따라 더 얄밉게 느껴졌다.

"당신은 영광이가 말년휴가 나온 지 보름이 다 되어 가는데 아들이 무슨 생각을 하고 있는지 관심도 없어?"

"미안해. 내가 왜 관심이 없겠어?"

"뭐가 미안한데? 당신은 내가 무슨 말만 하면 미안하다고 말하는데, 진짜로 미안해서 그렇게 말하는 거야? 아니면, 그냥 조용히 넘어가자는 거야?"

"…"

남편은 내가 갑자기 큰 소리로 말하자 깜짝 놀라는 눈치였다.

"나는 지금 미칠 지경이란 말이야! 영광이도 그렇고, 아버님도 그렇고, 게다가 당신까지도….'"

나는 영광이가 말년휴가를 나온 이후 겪었던 고통과 울분을 한꺼번에 쏟아냈다. 평소와 다른 내 모습에 남편은 크게 당황했다.

"당신한테는 할 말이 없다. 미안해."

"자꾸 미안하다고만 말하지 말고….'"

내가 울음 섞인 목소리로 더 크게 말하자 남편은 어쩔 줄 몰라 했다.

"사실은 영광이가 말년휴가 나오고 나서 가게에 한 번 왔었어. 그때 대화를 좀 하기는 했어."

"그랬어?"

그제야 남편은 영광이를 만났던 일을 내게 상세하게 이야기하기 시작했다.

"영광아! 아빠랑 이야기 좀 할까?"

"무슨 일인데요? 제게 하실 말씀 있으세요?"

"아니, 뭐 꼭 할 말이 있다기보다는 너랑 상의할 게 좀 있어서."

"아빠가 저랑 상의할 게 있어요? 아빠는 저와 한 번도 상의해본 적이 없잖아요? 갑자기 무슨 상의할 일이 생겼을까요?"

'상의'라는 말에 영광이가 말꼬리를 잡았다.

"그럼 대화 좀 하자."

'상의'라는 말에 민감하게 반응하는 영광이를 의식해 '대화'라는 말로 바꿔 말했다.

"죄송해요. 말씀하세요."

"너 군대에서 무슨 일 있었니?"

"아니요. 전혀 없었어요. 만기제대를 했다는 것이 그 증거 잖아요?"

"요즘 공부할 생각이 없는 것 같다고 엄마가 걱정을 많이 하는 것 같더라."

"저 피곤해서 일찍 자고. 내일 출근해야 해요."

"뭐? 내일 출근한다고?"

"예. 실내 인테리어 공사 일을 하러 가기로 했어요."

"뭐? 네가 공사장에 나간다고?"

"예. 일당이 가장 많고요, 코로나 때문에 다른 일자리는 없는데 공사 일은 많아요. 이번 기회에 인테리어 공사 일을 좀 배워보려고요."

"왜 공사 일을 배우려고 해? 좀 쉬었다가 수능 공부를 다시 시작해서 대학에 가야지."

"수능 공부요? 저 대학에 안 갈 거예요."

"뭐? 대학에 안 가겠다고?"

"예. 대학 나와 봐야 뭐해요? 취직도 잘 안 되고… 이제부터는 돈을 벌려고요."

"네가 돈을 벌겠다고? 너 미쳤구나. 돈은 아빠가 벌어 올 테니 넌 하라는 공부나 해!"

"아빠! 저도 이젠 애가 아니에요. 지금 우리 집이 편하게 공부나 할 형편인가요?"

영광이는 그 말을 하고는 자리를 박차고 밖으로 나갔다.

남편은 영광이를 만났던 이야기를 하고는 더 이상 아무 말도 하지 않았다.

"그런 일이 있었으면 왜 나한테 바로 알려주지 않았어? 당신은 그게 문제야."

"…"

남편은 고개를 푹 숙이고 한숨만 내쉬고 있었다.

천사와 악마

천사는 혼자 조용히 오지만,
악마가 천사를 집요하게 바짝 뒤쫓아 다닌다.
천사가 있는 곳에 악마도 함께 있는 이유다.

2020년 5월 8일은 기억에 오래 남을 만한 어버이날이었다.

　홍천에서 혼자 사시던 시아버지가 우리 가족과 함께 살기 시작한 날이었기 때문이다.

　3월 말 식목 행사를 준비하던 시아버지가 왼쪽 무릎을 다쳐 병원에 입원했다. 하지만 홍천군에 있는 병원의 병실과 의사는 코로나19 환자 치료에 집중 배치되었기 때문에 일반 환자는 감염 우려로 퇴원해야만 했다. 퇴원하면 누군가 시아버지를 모셔야 했다.

　이 문제를 논의하기 위해 큰아들 집에서 남편 삼 남매와 부부가 모두 모였다.

오랜만의 만남이었다. 하지만 이날 모인 이유를 다 알면서도 누구도 먼저 말을 꺼내려 하지 않았다.

"아버님이 홍천에 계신 병원에서는 계속 입원할 수 없어서 퇴원해야 한대요."

서먹한 분위기를 바꾸려고 내가 먼저 말을 꺼냈다. 그 말을 듣고서도 여전히 말들을 하지 않았다.

마치 먼저 말을 꺼내는 사람이 시아버지를 모셔야 할 것 같은 분위기였다.

"아버님은 기관지가 좋지 않으셔서 공기가 좋은 곳에 계셔야 할 텐데, 하남이 서울보다는 공기가 좋으니 동서가 잠시만이라도 아버님을 모시면 어떨까?"

형님은 시아버지의 고질병인 기관지염을 이유로 공기 좋은 하남을 강조했지만, 나는 아무런 대답도 하지 않았다.

"아버님 모시는 비용은 함께 부담하기로 하고…."

형님 말에도 누구 하나 말을 하지 않고 방바닥만 쳐다보고 있었다. 어색한 시간이 계속되었다.

"형님. 그건 좀 불공평해요."

나는 가만히 있으려다가 '잠시만이라도'라는 형님 말이 거슬려 말을 하고 나섰다. 그 말이 핑곗거리에 불과하다는 것을 잘 알고 있었기 때문이다.

'불공평하다'는 내 말에 누구도 토를 달지 못했다.

또 침묵이 흘렀다. 서로 눈을 마주치지 않으려고 방바닥이나 방 안에 있는 액자만 물끄러미 쳐다보고 있었다.

시간이 지나갈수록 분위기는 더 어색해졌다.

두 아들과 사위는 죄를 지은 사람처럼 숨소리조차 내지 않았다. 잠시 후 남편의 여동생인 아이들 고모가 어색한 분위기를 바꾸려는 듯 말했다.

"이번에 아버지를 모시는 집에는 인센티브를 더 명확하게 해두는 것이 좋을 것 같아요."

이때다 싶었는지 형님이 맞장구를 쳤다.

"고모 말이 맞아. 이번에는 인센티브를 좀 더 주기로 명확하게 정하자고."

그러면서 둘은 슬쩍 내 눈치를 살폈다.

나는 인센티브라는 말이 거슬렸지만, 어떤 말이든 해야 할 것 같았다.

"사정을 보니 이번에도 제가 아버님을 모셔야겠네요."

시아버지를 모시겠다는 내 말 한마디에 방 안의 공기가 확 바뀌었다.

고모는 밝은 표정으로 내 손을 잡았다.

"언니, 고마워요. 유라가 고3이고, 애 아빠도 승진을 앞두고 있어서 저희는 좀 어려웠어요."

형님도 반색하며 말했다.

"동서, 미안하고, 고마워. 요즘은 약국도 영업이 어려워 밤늦도록 문을 열어놓아야 하는데 사람을 쓸 수도 없고, 둘이서 맞교대를 해야 하니 말이야."

내가 시아버지를 모시겠다는 말 한마디는 복잡한 문제를 단번에 해결하는 마법과도 같았다. 마치 방 안 가득 세워 둔 도미노 블록 하나를 내가 넘어뜨리자, 모두 넘어지면서 모두가 원하는 모양이 돼버린 것 같았다. 유독 남편만이 인상을 찌푸린 채 계속 방바닥만 쳐다볼 뿐 아무 말도 하지 않았다.

내가 전업주부라는 사실이 또다시 나를 비참하게 만들었다.

나는 대학 졸업 후 꽤 괜찮은 잡지사 기자로 근무하다가 영광이를 낳고 휴직했고, 영광이를 키우면서 영수와 영서를 연이어 낳는 바람에 전업주부로 눌러앉았다. 아이들을 좀 키워 놓고 나서 일을 다시 시작하겠다고 마음을 먹었지만, 그건 희망 사항일 뿐 아직까지도 전업주부다.

아이 셋을 낳고, 직장을 그만둔 일이 이날처럼 후회스러

왔던 적은 없었다.

딸 하나씩만 낳고, 사회생활을 하는 형님과 고모의 선택이 현명했다는 생각이 들었다. 딸 하나만 있으니 군대도 안 보내고, 학비도 적게 들고, 직장 생활도 오래 할 수 있고….

경제적인 모든 짐을 남편 혼자 지게 한 것 같아 오히려 미안한 마음이 들었다.

'하나님께서 내게 주신 3명의 귀한 자녀의 생명이 얼마나 귀중한 보물인데….' 나는 잠시나마 불순한 생각을 한 것에 대해 조용히 눈을 감고 회개와 사죄의 기도를 드렸다.

"걱정하지 마세요. 제가 아버님을 잘 모실게요."

이 말 한마디가 방 안 분위기를 한층 더 밝게 만들었다. 지금까지 죄인같이 방바닥만 쳐다보던 남편도 나를 보고는 얼굴에 옅은 미소를 지어 보였다.

형님 말에 '불공평'하다고 말하며 나를 발끈하게 했던 지난 일이 문득 떠올랐다.

꼭 10년 전.

시어머니가 간암 판정을 받아 아산병원에서 치료를 받기로 되어 있었다.

홍천에서 아산병원을 오가는 일도 만만치 않았지만, 무엇보다 간병할 사람이 필요했다. 유난히 예민하고 식성이 까다로웠던 시어머니는 모르는 사람과는 잠시도 함께 있지 못할 정도여서 가족 중에 누군가가 시어머니를 돌봐 드려야만 했다.

시어머니는 다른 장기에도 암세포가 전이되어 수술은 어렵고, 항암 치료를 받아야 했다.

남편의 삼 남매 부부가 모두 우리 집에 모였다.

약사인 형님과 교사인 고모는 일과 직장 때문에 시어머니를 모시기 어렵다고 했다. 이런저런 사정을 고려해 가정주부였던 내가 '잠시만 모시기로 하자'는 형님의 제안에 승낙했다. 하지만 결국 끝까지 내가 모시게 되었다.

당시 우리는 둔촌주공아파트, 형님은 잠실주공5단지아파트, 고모는 은마아파트에 살았다. 이처럼 삼 남매가 모두 오래된 아파트에 살게 된 이유는 시아버지의 완고한 고집 때문이었다. 새집을 사면 돈을 한 푼도 지원해주지 않을 정도로 시아버지는 오래된 아파트에 살기를 강하게 원하셨다.

직업군인 출신인 시아버지의 고집으로만 알고 있을 뿐 누구도 그 이유를 속 시원하게 물어보지 못했다. 그만큼 자식들은 시아버지를 어려워했다.

시어머니는 둔촌주공아파트에서 우리와 함께 살기 시작

했다.

나는 시어머니의 건강 회복을 위해 하루도 빠짐없이 새벽 기도를 했다. 시어머니는 항암 치료를 받고 나면 음식 냄새도 맡지 못할 정도로 후유증이 심했다. 식사를 제대로 하지 못하면 회복이 늦어지고, 회복이 안 되면 항암 치료를 받을 수 없었다. 항암 치료를 받지 못하면 암세포가 증식되어 증세가 악화될 게 뻔했다. 시어머니의 입맛을 회복시키는 일이 무엇보다 중요했다.

식성이 까다로웠던 시어머니를 위해 나는 매일 다양한 식재료를 구해 정성껏 음식을 준비했다. 신선한 식재료를 구하기 위해 여기저기 돌아다니다가 우연히 하남에 있는 재래시장을 알게 되었다.

둔촌동에서 버스를 타고 하남까지 가서 항암 치료 회복에 좋다는 것은 그게 무엇이든 구해 정성스럽게 음식을 장만했다. 특히 5일장이 열리는 덕풍시장에서 항암 치료 후유증에 좋다는 뽕나무 상황버섯 등을 구해 정성스럽게 해드렸더니 시어머니는 빠르게 회복되었다.

시어머니의 건강이 회복되자, 승강기도 없는 5층 좁은 아파트에서 여섯 식구가 함께 산다는 것에 불편함을 느끼기 시작했다. 영광이가 중학교에 진학할 시기여서 더 신경이

쓰였다.

결국 우리 가족은 강동구 둔촌동에서 하남시 덕풍동으로 이사하게 되었다.

하남은 덕풍시장, 신장시장 등 재래시장이 있고, 아산병원과 홍천을 오가기도 좋은 위치였다. 하남에서는 큰 방이 3개였고, 1층에는 작은 텃밭이 있어 상추나 고추를 심어 소일할 수도 있어 시어머니는 만족해하셨다.

시부모님은 2남 1녀 가운데 차남인 남편을 유난히 좋아했다.

장남은 약대를 나와 약사 며느리와 결혼했지만, 딸 하나만 낳고는 더 이상 애를 낳지 않았다. 시아버지는 그것을 늘 아쉬워했다. 큰아들보다 두 살이 더 많은 큰며느리는 서울 출신이라 시부모 입장에서도 뭔가 부담을 갖는 듯했다. 게다가 모든 집안일을 며느리가 결정하고, 그 결정대로만 따르는 큰아들에게 불만이 컸다.

시부모님은 손자 둘에 손녀까지 3명을 낳은 나에게 늘 고맙다는 말씀을 하셨다.

시어머니의 건강은 의사 선생님도 놀랄 정도로 좋아졌지만, 암을 이겨내기에는 역부족이었다. 시어머니는 간이 제 기능을 하지 못해 결국 71세에 세상을 떠났다.

6개월을 채 넘기기 어려울 것 같다는 주치의의 염려에도 2년 반 동안 항암 치료를 견뎌 내셨다. 돌아가시기 몇 달 전부터는 사도신경과 주기도문을 외우고, 세례도 받으셨다. 임종 직전까지 스스로 기도를 하시는 등 평온하게 세상을 떠나신 것이 가족과 내게는 위안이 되었다.

10년 전 우리 가족이 둔촌동에서 하남으로 이사 온 것은 시어머니 병간호 때문만은 아니었다. 진짜 이유는 김미자 권사와의 만남과 나의 탐욕 때문이었다. 그때부터 나는 사람을 믿지 못하는 불신이 가슴속에 깊이 남게 되었다.

내게 천사와 악마였던 김미자 권사와의 만남은 신혼 시절로 거슬러 올라간다.

나는 대학에서 만난 남편과 6년 연애하고 결혼했다. 법대를 졸업한 남편은 고시 공부를 하다 공기업에 입사했다.

월세로 시작한 신혼은 꿈만 같았다.

큰아들 영광이를 낳고, 부근에 있는 교회에 나가기 시작했다. 김미자 권사 구역에 속했고, 그녀는 내게는 천사와도 같은 존재였다. 영광이를 키우면서 육아는 물론 살림 잘하는 비법까지 하나하나 조언해주었고, 큰 의지가 되었다.

심방 예배를 하던 김 권사는 우리가 월세로 살고 있다는 말을 듣고는 깜짝 놀랐다.

"월세는 아무리 오래 살아도 돈이 모이지 않아."

이렇게 말하며 당시 은행에 근무하던 같은 교회 이은미 집사를 소개했다. 결국 이 집사를 통해 전세 자금 2,000만 원을 대출받아 월세에서 전세로 이사했다.

전셋집으로 이사하고 대출이자가 월세의 절반도 되지 않아 그만큼 돈을 저축할 수 있었다. 하지만 전셋집에서 아들을 키우려니 늘 주인의 눈치를 살펴야만 했다.

울어서 시끄럽다, 벽에 낙서를 하면 안 된다, 아이를 하나만 더 낳으면 전세를 계속 줄 수 없다는 등 집주인의 잔소리는 늘어만 갔다.

그 무렵 둘째 아들 영수를 임신했다.

어느 날 심방 온 김 권사가 나에게 물었다.

"나 집사! 혹시 청약저축 가입해둔 것 있어?"

김 권사의 질문에 문득 연애 시절 남편의 권유로 가입해둔 통장을 김 권사에게 내밀었다. 김 권사는 통장을 찬찬히 살피더니 누군가에게 전화를 했다.

"이 집사! 청약저축통장 7년짜리야."

잠시 후 김 권사는 내 손을 꼭 잡으면서 말했다.

"이젠 됐다. 나 집사, 이젠 걱정 없어."

나는 영문도 모르고 김 권사를 바라보면서 좋아했다.

"이 통장이면 새 아파트로 당장 이사 갈 수 있어."

김 권사의 소개로 우리는 새로 지은 임대아파트로 이사할 수 있었다.

비록 집은 넓지 않았지만, 마음대로 못을 박아도 되고 아이를 키우면서 주인 눈치를 보지 않아도 되어 너무 좋았다. 특히 단지 내에 슈퍼마켓이 있고, 어린이 놀이터까지 있어서 만족스러웠다.

임대아파트 보증금은 전세금의 3분의 1 정도였고, 월세도 많지 않아 우리에게는 최고의 조건이었다.

임대아파트로 이사해서 둘째 영수와 셋째 영서를 낳았다.

주거가 안정되니 마음이 편해지고, 아이를 더 낳아 키울 수 있음에 행복했다. 새벽기도를 열심히 다니고, 심방도 빠지지 않았던 나에게 하나님이 천사 김 권사를 보내주셨다고 믿었다.

영광이가 초등학교 입학할 무렵이 되자 10평짜리 임대아파트가 비좁게 느껴졌다.

임대아파트 임대 기간도 거의 끝나갈 무렵이 되자, 김 권사가 아파트 분양 팸플릿을 여러 장 가져와 보여주었다.

"나 집사. 이 아파트 중에 마음에 드는 것 골라 봐. 충분히 당첨될 수 있어."

김 권사는 25평형 신축 아파트를 분양 신청할 것을 권유했다. 하지만 우리는 땅 지분이 많고, 오래된 아파트를 사라는 시아버지의 권유대로 둔촌주공아파트를 구입했다. 좀 오래된 아파트였지만 단지 안에는 나무숲도 많아 아이들이 놀기 좋고, 단지에 학교가 있어서 만족스러웠다.

김 권사는 90회 이상 불입한 청약저축통장이 너무 아깝다며 낡은 아파트로 이사하는 것을 반대했다. 김 권사는 나에게 웃돈을 줄 테니 청약저축통장을 다른 사람에게 팔자고 권유하기도 했다. 하지만 불법을 싫어했던 나와 남편은 통장을 바로 해약했다.

김 권사가 맡은 구역에는 신도들이 늘 북적거렸다. 부동산 재테크에 관한 소문을 듣고 모여든 신도가 많았기 때문이다.

김 권사의 부동산에 대한 정보력은 월세를 사는 사람에게는 전세나 임대아파트로 이사할 수 있도록 이끌었고, 전세를 사는 사람에게는 분양을 받을 수 있도록 했다.

나도 김 권사와 이 집사 덕분에 월세에서 전세로, 전세에서 임대아파트를 거쳐 둔촌주공아파트로 이사할 수 있었다. 김 권사는 신도들에게 월세에서부터 시작해서 집을 구입한 우리 집을 성공 사례로 자주 소개했다.

갈수록 예배와 성경 공부 시간은 짧아졌고, 부동산 관련 시간이 길어졌다. 예배를 보러 모여드는 신도 가운데에는 김 권사의 부동산 정보를 얻기 위해 오는 사람들도 있을 정도였다.

김 권사 조언대로 집을 사고판 성도들은 그 결과가 모두 좋았다.

이런 일이 반복되다 보니 소문을 듣고 사람들이 모여들었고, 신도가 운영하는 회사 사무실에서 예배를 보기도 했다.

당시 김 권사의 조언이 신도들 사이에 부동산 어록으로 남았다.

"꼭 사고 싶은 집이 있다면, 웃돈을 더 주고서라도 꼭 사라."

집을 구입하려고 하는데 집을 파는 사람이 자꾸 가격을 올려달라고 해서 갈팡질팡하는 성도가 김 권사에게 조언을 구했다. 집주인이 흥정 과정에서 한 달 만에 2,000만 원이나 가격을 올렸다는 것이었다.

김 권사는 그 집이 정말로 마음에 든다면 2,000만 원을 더 주고서라도 구입하라고 조언했다. 소개로 만난 사람의 장점보다는 단점을 보고 만나기를 포기했는데, 그 사람이 다른 사람과 결혼해서 잘 사는 것을 보면 그때 그 사람을 놓친 것을 평생 후회하는 것과 똑같다는 논리로 신도를 설득했다. 김 권사는 상황을 정확하게 파악한 다음, 적절한 예를 들어 설명함으로써 상대방이 스스로 결정하게 하는 데 남다른 재주가 있었다.

결국 그 신도는 김 권사의 조언대로 그 집을 구입했고, 그후 집값이 크게 상승했다.

"자기 집을 팔 때는 좀 싸게 팔아야 하고, 남의 집을 살 때는 좀 비싸게 사야 한다. 그래야 원하는 시점에 집을 팔기도 하고, 살 수도 있는 것이다."

한 신도가 살던 아파트를 팔고, 새로운 아파트로 이사를 가려고 했다. 자기 집을 사려는 사람은 한 푼이라도 싸게 사려고 하는 반면, 팔려는 신도는 한 푼이라도 더 받으려고 했다. 김 권사는 부동산 거래에 있어 자신만의 흥정 원칙을 알기 쉽게 설명했다.

파는 집은 좀 싸게 팔면 원하는 시점에 매각할 수 있고, 구입하려는 집은 좀 더 비싸더라도 좋은 층과 향을 선택해야

향후 가치도 오르고, 나중에 팔기도 쉽다는 것이다.

"돈 모아 집을 산다는 것은 어리석은 일이다. 먼저 집을 사야 돈이 모이는 것이다. 집을 사는 데 부채는 자산이고 더 좋은 기회를 잡을 수 있는 지렛대다."

집을 사고 싶은데 돈은 부족하고, 금융기관에서 대출을 받자니 대출이자가 고민이라는 한 신도에게 김 권사가 한 말이었다. 그녀는 부동산 구입에 사용하는 부채는 통 큰 투자를 위한 밑천이고, 부채를 빌릴 수 있는 신용은 잠재적 경제력이라고 설명했다.

결국 그 신도는 김 권사의 조언대로 대출을 받아서 집을 구입했고, 얼마 후 집값이 크게 올랐다며 저녁을 샀다.

김 권사의 조언대로 부동산을 사고판 사람은 모두 만족했다. 부동산에 관한 한 그녀는 미다스의 손으로 통했다.

"상대의 약점을 파고들어야 좋은 흥정 기회를 잡을 수 있다."

어떤 신도가 집을 구입하려는데 세입자가 절대 집 내부를 보여줄 수 없다고 해서 계약을 못 하고 있다고 걱정했다.

신도와 집주인 사정은 이랬다. 약국을 운영하던 60대 여성인 집주인이 집을 아들 명의로 구입했다. 실제 주인은 어머니였고, 명의는 아들로 된 셈이다. 아들이 결혼한 후에 시어머니와 며느리 사이에 갈등이 생겼고, 그 바람에 모자지간에도 갈등이 커졌다. 결국 그 집에서 살던 아들 부부는 다른 곳으로 이사를 했고, 집 판 돈의 절반을 받기로 했다. 문제는 실제 입주한 세입자가 집을 몇 차례 보여주었는데, 가격 흥정으로 거래가 되지 않자 사생활 침해를 이유로 더 이상 집을 보여줄 수 없다고 버텼다. 세입자는 이사한 지 6개월 만에 10여 차례 집을 보여주었으니 더 이상은 보여줄 수 없다고 한 것이다.

그 이야기를 들은 김 권사는 집을 구입하려는 신도에게, 집주인이 약점이 있으니 잘하면 시세보다 좀 더 싼 값으로 구입할 수 있을 거라고 말하면서 자신이 동행하여 해결해 주겠다고 했다.

김 권사는 신도의 친정엄마인 척하고 함께 부동산으로 가서 집주인을 만났다. 계약하기 전에 집 내부를 보러 가자고 하자, 부동산중개인과 집주인은 펄쩍 뛰었다. 그러면서 집 안을 보여주지 않는 대신 시세보다 1,000만 원 싸게 팔겠다고 했다. 김 권사는 시장이나 대형 마트에 가서 두부 하나를 고르는 데도 시식을 한 후에 구입하는데, 집을 보지 않고 구입하는 사람이 세상에 어디 있느냐고 말하여 집주인을 급하게 만들었다.

김 권사는 집 안을 보지 않고 집을 구입할 사람은 없다며, 우리가 집 내부를 보지 않고 바로 계약을 할 테니 2,000만 원을 더 깎아달라고 흥정해서 결국 집주인도 계약서에 도장을 찍고 말았다. 신도는 김 권사의 조정으로 그 집을 3,000만 원이나 싸게 구입할 수 있었다.

나중에 김 권사는 아파트는 내부가 다 거기서 거기라서 볼 필요도 없다고 신도에게 말했다는 것이다.

김 권사의 부동산 관련 조언은 마치 정답을 알려주는 족집게 선생님 같았다.

김 권사의 지나친 부동산 이야기로 신앙생활에 방해를 받고 있었지만, 대놓고는 말을 하지 못했다. 그녀 덕을 봤기 때문에 참아 낼 수밖에 없었던 것이다.

"시장에서 콩나물 사고팔 듯이 집도 쉽게 사고팔아야 큰돈을 벌 수 있다."

어느 날 김 권사는 인천에 있는 기도원을 가자며 신도들을 모았다.

　얼떨결에 따라나선 나는 관광버스를 타자마자 뭔가 잘못되어 가고 있음을 깨달았다. 기도회가 아니라 인천 송도, 청라지구 아파트 단체 쇼핑하는 모임이었기 때문이다.

　"나 집사! 좋은 구경하고, 돈 많이 벌면 십일조 제대로 하면 되잖아."

　나는 아무런 대꾸도 하지 않았다.

　관광버스에서 내리자마자 모두 잘 차려진 사무실로 들어갔다. 사무실은 다름 아닌 부동산컨설팅회사였다. 아늑하고 고급스런 인테리어로 된 사무실에는 은행 직원 같은 유니폼을 입은 직원과 컨설턴트라는 젊은 남자들이 여러 명 있었다. 중앙에는 아파트 단지 미니어처가 설치되어 있었고, 벽면에는 대형 스크린이 있었다.

　희망 평형대 별로 그룹이 형성되자 컨설턴트들은 사람들을 한쪽에 몰아놓고 설명을 시작했다. 설명을 마치면 사람들은 여직원이 있는 곳에 가서 계약서를 작성하는 구조였다.

　마치 전자제품 시연회에 와서 설명을 듣고 즉석에서 구입하듯, 즉석에서 아파트 매매 계약서를 작성했다.

　다른 사람들이 계약서를 쓰는 동안 나는 한쪽에서 커피를 마시고 있었다. 난생 처음 보는 광경이었다.

혼자 떨어져 있는 내게 김 권사가 다가왔다.

"나 집사! 놀랍지?"

"예, 권사님."

"나 집사도 지금은 계약서를 쓰지 못하지만 봐두면 나중에 다 쓸모가 있어요."

"권사님. 전⋯."

"나 집사가 지금 무슨 말을 하려는지 알아."

김 권사는 내가 무슨 말을 하려는지 이미 알고 있다는 듯이 내 말을 끊었다. 이 일이 내가 김 권사와 부동산에 관하여 관심을 갖지 않게 되는 계기가 되었다.

그날 이후 나는 김 권사가 속한 구역예배에만 참석하고, 그 이외의 모임에는 일절 참석하지 않았다. 더 이상 부동산에 관한 김 권사의 부담스러운 말을 듣지 않게 되었다.

2008년 가을경 김미자 권사가 불쑥 나를 찾아왔다.

"나 집사! 이번에 정말로 좋은 기회가 있어서 왔어. 다른 사람에게 주기는 너무 아까워서 나 집사를 끼워 주려고 하는데 같이 할래? 집 한 채가 그냥 생기는 일이야."

"권사님, 저희는 아시다시피 돈이 없어요. 애들이 커 가면서 돈 쓸 일이 많아져서요."

"그러니깐 내가 특별히 나 집사를 찾아온 거야. 그동안 나를 봐 와서 잘 알잖아. 나를 못 믿겠어?"

"권사님이야 제가 믿지요. 제겐 평생 은인인걸요."

"그러니깐 이번에 같이 한번 해보자고. 내가 이야기를 꺼내기도 전에 싫다고 하면 섭섭하지."

나는 내키지 않았지만, 그녀의 제안을 들어보기로 했다.

"뭔데요, 권사님."

"좋은 피에프PF 사업이 하나 있는데, 믿는 사람끼리 몇 사람만 하는 거야."

"피에프 사업이 뭐예요?"

"응. 프로젝트 파이낸싱Project Financing이라는 건데. 금융회사에서 싼 이자로 돈을 빌려, 부동산 건축과 분양을 해서 이익이 남으면 함께 나누어 갖는 사업 구조야."

처음 들어보는 말이었다. 도저히 이해하지 못하겠다는 내 표정에 김 권사는 더 자세히 설명했다.

"선진국에서는 큰 사업은 거의 다 피에프 사업으로 해. 깐깐한 은행에서 돈을 빌려줄 정도니깐 믿을 수 있는 사업이라는 뜻이지."

"권사님. 저희는 남편 혼자 돈을 벌어 애들 3명이나 교육시켜야 해서 먹고 살기도 힘들어요."

내가 돈이 없어서 참여하기 어렵다고 말하자, 김 권사는 나한테 다가와 귀에 대고 속삭였다.

"이 집사 알지?"

"은행에 다니는 이은미 집사요?"

"그래. 예전에 전세 자금 대출해준 그 이 집사. 이 집사 남편과 함께하는 사업이고, 돈은 이 집사가 알아서 저리로 융통해서 문제가 전혀 없어."

"이 집사, 미혼 아니었던가요?"

"그랬었지. 지난해 믿는 사람 소개로 만나 조용히 결혼했어. 남편은 재혼인데 건설업에 수완이 아주 좋은 사람이래요."

"아, 그랬군요."

"나도 몇 번 만나 보았는데 사업 수완도 좋고, 믿음도 좋은 사람이야. 그렇게 깐깐한 이 집사가 40대 중반에 좋아할 정도면 알 만하잖아."

이 집사는 교회에서 재정 업무를 볼 정도로 사리가 분명하고, 은행에 오래 근무한 노처녀였다. 주변에서 아무리 중매를 하려고 해도 거들떠보지 않던 그녀였다.

"남편과 상의해볼게요, 권사님."

나는 마음에 내키지 않아 남편과 상의하겠다고 말했다.

"그럼, 남편하고 같이 시간 될 때 연락해. 내가 다시 와서 설명할게. 이번 일은 절대 비밀이야. 우리 구역 식구 누구에게도 말하면 안 돼. 알았지?"

"예. 그건 걱정 마세요."

"내가 딱 한마디만 해줄게. 부동산 투자를 해야 하느냐, 하지 말아야 하느냐의 선택에서는 무조건 하는 쪽을 선택해야 해. 그래야 두고두고 후회를 안 해요. 그 이유는 하는 쪽을 선택하면 손해냐, 이익이냐, 두 가지 결과가 있지만 만약 하지 않으면 그게 두고두고 한으로 남더라고. 내 오랜 경험을 통해 터득한 이치야. 나 집사. 그러니 잘 선택해요."

나는 남편과 상의해보았지만, 그도 피에프 사업이 뭔지 전혀 알지 못했다. 월급 이외에는 관심이 없었던 남편은 전적으로 나한테 알아서 하라고 맡겼다.

해야 하느냐, 하지 말아야 하느냐의 선택에서는 하는 쪽을 선택하는 것이 한으로 남지 않는다는 김 권사의 말이 마음에 걸렸다.

문득 오빠와의 나쁜 기억이 떠올랐다.

교도소에서 출소한 오빠로부터 자살을 암시하는 전화를 받고, 오빠를 만나러 가느냐, 무시하느냐의 기로에 섰을 때 나는 무시하는 쪽을 선택했었다. 그런데 오빠는 실제로 자살을 했고, 그 전화가 오빠와의 마지막 통화였다. 그 일이 두고두고 내 가슴에 한으로 남게 되었다.

결국 둔촌주공아파트를 담보로 2억 원을 대출받아 피에프 사업에 투자하기로 했다. 김 권사는 우리 집 경제 사정을 감안해서 2억 원에 대한 이자는 피에프 사업 비용으로 대신 납부해주기로 약속했다.

잊고 있었던 그 일이 2년이 지난 2010년경 문제가 되었다.

은행으로부터 대출금 2억 원에 대한 이자가 장기 체납되었다는 통보를 받았다. 이자를 피에프 사업 비용으로 처리해준다던 김 권사의 말은 거짓이었다.

나는 놀라서 김 권사에게 급히 전화를 했지만, 그녀는 전화를 받지 않았다. 이은미 집사가 근무하는 은행에도 전화를 했지만, 그녀 또한 1년 전에 퇴사했다는 것이었다. 주일마다 교회에서 그녀를 만났으니 은행을 그만두었다고는 상상조차 하지 못했다. 교회에 나가 보았지만 김 권사와 이 집사는 얼마 전부터는 교회에도 나오지 않았다.

수소문 끝에 김 권사가 쓰러져 병원에 입원해 있다는 사실을 알게 되었다. 나는 급히 김 권사가 입원해 있는 병원으로 갔다. 화장도 하지 않고 머리도 대충 묶은 채 5인실 병실에 혼자 누워 있는 김 권사는 예전의 그녀 모습이 아니었다.

김 권사는 나를 끌어안고 한참을 울었다.

"권사님, 어떻게 된 거예요?"

김 권사는 울먹이면서 한숨만 크게 내쉬었다.

"나 집사! 미안해. 다른 사람보다 나 집사에게 제일 미안하게 됐어."

"권사님, 무슨 말씀이세요?"

순간 피에프 사업이 잘못되었을 거라는 생각이 들었지만 애써 태연한 척했다.

"속았어. 아주 완벽하게 속았어. 이은미한테…."

"예? 무슨 말씀이세요?"

"하긴 이 집사도 당한 거지. 그런데 자기는 당해도 우리에게는 빨리 알려줬어야지. 혼자 쉬쉬하다가 일이 완전히 폭발해버렸어."

"권사님. 좀 차분하게 말씀해보세요."

"이 집사가 결혼한 그 남자가 사기꾼이었어."

"예?"

"피에프 사업을 한다고 돈을 끌어모아 미국으로 도망쳤어. 나쁜 놈의 새끼! 미국에 부인도 있고 자식들도 있대."

"그래요? 믿는 사람이라고 하셨잖아요?"

"그러게."

김 권사는 자신이 내게 했던 말이 창피한지 한숨만 내쉬었다.

"이 집사가 알면서 우리를 끌어들인 건지, 아니면 전혀 몰랐던 건지, 그것도 아직 잘 모르겠어."

김 권사는 방금 전과는 달리 카랑카랑한 목소리와 날카로운 눈빛을 드러냈다.

"열 길 물속은 알아도 한 길 사람의 속은 모른다더니 옛말이 틀린 게 없어."

순간 나는 눈앞이 깜깜했다. 김 권사의 말을 어디까지 믿어야 할지 혼란스러웠다.

"권사님. 그럼, 저는 어떻게 해요?"

"미안해. 나도 현금 20억 원에 아파트 3채 해서 100억 원 가까운 돈을 다 날렸어. 100억 원을…. 결혼한 딸도 이혼당하게 생겼어. 난 이젠 죽어야 해."

"무슨 말씀이세요? 따님이 이혼을 당하다니요?"

"2년 전 결혼한 딸하고 사위가 혼인신고도 미루고, 각자집 한 채씩 구입했는데 이번에 다 날렸으니 사돈집에서 책임지라고 난리야."

난 그녀가 하는 말이 하나도 귀에 들어오지 않았다. 처음부터 내 돈을 빼앗기 위한 계략에 말려든 것이 아닌지 의심스러웠다. 지금은 이 세상 누구도 믿고 싶지 않았다.

"권사님. 저한테는 왜 절대 비밀로 하라고 한 건가요? 처음부터 저를 속인 것 아닌가요?"

나의 울음 섞인 원망에 김 권사는 내 손을 잡고는 고개를 숙인 채 계속 미안하다고 말했다.

"이 집사가 그렇게 해야 한다고 해서 나도 누구한테 입도 뻥긋 못 했어."

"절대로 용서할 수 없어요. 다 법대로 할 거예요. 법대로!"

나는 나도 모르게 분노와 원망 섞인 말을 김 권사에게 퍼부어댔다.

"미안해. 나 집사가 죽으라면 죽을게. 나 집사한테는 입이 열 개라도 할 말이 없어."

나는 김 권사의 집 주소와 연락처를 확인하고는 집으로 돌아왔다.

집으로 오는 길에 김 권사와의 인연이 문득 떠올랐다.

월세에서 전세로, 전세에서 임대아파트로, 임대아파트에서 둔촌주공아파트로 이사할 수 있도록 안내했던 김 권사는 나한테는 분명 천사였다. 하지만 피에프 사업으로 2억 원의 부채를 떠안게 한 그녀는 악마였다.

천사는 절대 혼자 오질 않는다. 악마가 늘 천사의 뒤를 따라오기 때문이다. 나의 지나친 욕심과 탐욕이 악마를 선택하게 된 셈이었다.

결국 둔촌주공아파트를 처분해서 빚을 갚고 하남으로 이사하게 되었다. 하남으로 이사 온 다음 날부터 하루도 빠짐없이 새벽기도를 다녔다. 탐욕을 부린 것은 내 기도가 부족해서 그런 거라고 믿었기 때문이다.

공교롭게도 새벽기도를 나가지 않던 시기에 남편도 잘 다니던 회사를 퇴직했다. 남편은 나 몰래 2017년 초부터 코인에 투자했다가 큰 손해를 보게 되었고, 월급까지 압류되면서 퇴직할 수밖에 없었다.

나중에 알게 된 일이지만, 남편은 승진 심사에서 누락되자 돈을 벌어보겠다고 코인 투자에 전념했다. 그런데 남편이 투자한 코인이 폭락하는 바람에 큰 손실을 입었고, 빚을 지게 되었다.

그때가 영광이가 3수를 하던 때였다.

남편은 영광이가 대학교에 진학하려면 목돈이 필요하다고 생각해서 전혀 뜻밖의 일을 저질렀다. 은행에서 돈을 대출받아 한창 열풍이던 코인에 투자했던 것이다. 피에프 사업으로 큰 사기를 당한 내가 남편에게 뭐라고 할 수도 없었다. 어쨌든 나와 남편의 탐욕으로 우리 가정은 경제적으로 큰 어려움을 겪게 되었다.

영광이가 말년휴가를 나온다고 했다가 1주일 연기된 이후부터 나는 밤마다 잠을 이루지 못했다. 무엇보다 우리 가족이 둔촌동에서 하남으로 이사 오게 된 것이 나 때문이라는 자책감과 함께 그때 일이 자꾸 떠오르면서 불면증이 더 깊어졌다.

영광이가 말년휴가를 나온 이후에도 불면증은 나아지지 않았고, 오히려 더 심해졌는지 밤을 꼬박 새우는 날이 늘어갔다.

며칠 동안 잠을 잘 자지 못해서 그런지 가슴이 답답했다. 수면제 처방을 받아야 할 것 같아 신장시장 부근에 있는 신경정신과병원에 갔다. 시어머니 사망 후 우울증 치료를 받았던 병원이었다. 그때보다 내부 인테리어를 깨끗하게 했고, 점심시간임에도 사람들이 많았다.

정신과병원에 오는 환자는 두 부류가 있다.

아주 조용한 경우와 아주 시끄러운 경우로 극단적인 대조를 보인다.

이날은 조용한 환자들뿐이었다. 모두 다른 사람에 대한

관심이 부담스러운 듯 자신의 휴대폰만을 쳐다보고 있었다.

내 순서가 되었다.

영광이가 말년휴가를 나온 이후의 상황과 남편과의 관계에 대하여 가급적 자세히 설명했다. 의사는 간호사를 부르더니 설문 조사를 해보자고 했다. 나는 간호사가 안내하는 방으로 가서 100문제가 훨씬 넘는 문항에 체크했다.

잠시 후 심리상담실로 갔다. 40대 중반쯤으로 보이는 여자 심리상담사가 내가 적은 설문 조사 결과지를 보면서 말했다.

"검사 결과를 보니 집착증과 편집증이 조금 있으시네요."

"예?"

"그리고 남편분은 결정장애가 있는 것으로 나오고요."

"예? 그래요?"

심리상담사는 암호를 풀어내듯이 나의 편집증과 남편의 결정장애를 콕 집어냈다. 나보다는 남편에게 결정장애가 있다는 말이 확 들어왔다.

"선생님 말씀대로 남편은 확실히 결정장애가 있는 것 같아요. 그 사람은 뭐든 결정을 못 하고 남이 결정하는 대로 따라가요. 그래서 제가 답답하죠."

"남편분이 결정장애가 있는 것은 거의 분명해요."

심리상담사는 남편의 진단에 자신이 있어 보였다. 내 비위를 맞추려고 하는 말 같지는 않았다.

"선생님. 결정장애가 생기는 원인은 뭐죠?"

"결정장애에 대한 원인은 다양하지만 세 가지 유형으로 보는 것이 일반적입니다."

"그게 뭐죠?"

"첫 번째는 성장하면서 결정할 기회가 거의 없을 정도로 누군가 좋은 결정을 해줘서 그대로 따른 경우고요."

"예."

"두 번째로는 자신이 스스로 한 결정이 결과가 좋지 않았고, 그런 나쁜 결과가 축적되어 결정하는 일에 두려움이 생긴 경우지요. 그리고 세 번째는 자신이 결정한 일이 과연 좋은 결정이었는지, 아니면 나쁜 결정이었는지를 끊임없이 의심하는 소심한 성격으로 결과에 과민한 경우지요."

심리상담사의 설명을 들으며 남편은 성장 과정에서 부모가 좋은 결정을 해주어 본인이 스스로 결정할 기회가 적은 것이라고 생각했다. 시아버지는 늘 좋은 결정을 해주었고, 남편은 그 결정대로 해서 늘 좋은 결과를 누려왔다.

"선생님. 저는 집착증과 편집증이 있다고 하셨는데 그 원인은 무엇이죠?"

심리상담사는 내가 한 설문 조사 결과를 찬찬히 다시 보았다. 갑자기 신경이 곤두서는 걸 느꼈다.

"혹시 믿는 종교가 있나요?"

"예. 교회에 다녀요."

"매주 교회에 빠짐없이 나가시나요?"

"물론이죠. 코로나 때문에 교회에 나가지 못하면 집에서 기도를 드리지요."

"예배에 참석하지 못하면 어떤 느낌이 드세요?"

"예배를 참석하지 않는다는 일은 상상도 할 수 없는 일이지요. 만약 그렇다면 죄를 짓는 느낌이겠죠."

"혹시 모든 문제가 기도를 통하면 해결될 수 있다고 믿고 계신가요?"

"당연하지요. 천지 만물을 창조하시고, 주관하시는 분이 바로 하나님이시니까요."

내 말을 다 들은 심리상담사는 내가 푼 설문 조사 문항과 결과를 다시금 살펴보았다.

"신앙생활을 열심히 하시는 분들은 설문 결과가 이렇게 나올 수 있으니 크게 문제가 될 정도는 아닙니다."

"아, 그렇군요."

심리상담사는 상담을 마무리하려는 듯 서류를 정리하고

있었다.

"선생님. 남편의 결정장애를 어떻게 고칠 수 있나요?"

"글쎄요? 사람마다 정신세계가 달라서 외과 증세와 같이 똑같은 처방이 있는 것은 아닙니다. 가장 좋은 방법은 본인이 자신의 증세를 인식하고, 인정하는 일이 가장 중요합니다. 그런 다음에 스스로 결정하는 기회를 늘려가면서, 그 결정이 좋은 선택이라는 확신을 갖도록 하는 방법이 가장 일반적인 극복 방법입니다."

"이해하기 어렵네요. 좀 더 쉽게 말씀해주실 수 있으세요?"

나는 뭔가 확실한 방안을 알고 싶어서 재차 물었다.

"심리학 연구에 의하면 사람은 만 27세가 되면 자아 형성이 되고, 그 이후에는 바꾸기가 어렵다고 해요. 그런데 큰 사고나 가족의 사망 등 환경 변화를 겪으면 변화될 수 있다는 연구 결과가 있어요. 환경 변화에 자신이 변화하겠다는 인식과 의지가 함께 있는 경우죠. 답변이 부족해서 죄송해요."

"아닙니다. 감사합니다."

나는 병원을 나오며 대학 시절 남편을 처음 만나 연애할 때 일이 문득 떠올랐다.

대학교 2학년 때 기독선교 모임에서 남편을 처음 만났다. 둘은 같은 2학년이었지만 남편은 복학생으로 나보다 세 살이 많았다. 법대를 다니던 남편은 하루도 빠짐없이 학교 부근에 있는 교회의 새벽기도에 나왔다. 새벽마다 같은 교회에서 그를 보았던 것이다.

2학년 겨울방학 때 동아리에서 봉사활동을 가기로 했다. 봉사활동 참석자 확인과 역할을 나누어 이름을 칠판에 적게 되었는데 누군가 내 이름을 '나예수'라고 칠판에 적었다.

그 일로 선후배들은 나를 '예수'라고 불렀다. 내가 아무리 항변을 해도 칠판에 적혀 있던 이름 때문에 나는 예수로 통했다. 그런데 누구도 자기가 그렇게 적었다고 말하는 사람이 없었다. 동아리 회장인 4학년 선배는 그 이름은 우리 모임 회원이 적은 것이 아니라, 예수님이 적었다고 마무리하려고 했다. 그런데 그런 회장의 말이 일을 더 크게 만들고 말았다. 후배들이 나를 이구동성으로 '예수 선배'라고 불렀던 것이다.

나는 칠판에 내 이름을 그렇게 쓴 사람을 반드시 찾아내기로 마음먹었다. 한 사람씩 찾아가서 물어보았지만, 모두가 아니라고 했다.

나는 회원들의 필적을 은밀하게 조사하기로 했다. 내 이름의 '주' 자를 '수' 자로 쓴 것이기에 그런 식으로 '주' 자를 쓰는 필적의 소유자만 찾아내면 된다고 생각했기 때문이다. 나는 시간이 날 때마다 회원들의 필적을 확인했다.

지난번 봉사활동 때 돈을 쓰고 정리한 명세서에 '포도주'라는 글자가 언뜻 보기엔 '포도수'와 비슷하게 적혀 있는 영수증을 찾아냈다. 놀랍게도 당시 영수증을 쓴 사람은 다름 아닌 지금의 남편 이수남이었다.

나는 이수남이라는 사실을 알고 너무 뜻밖이라서 크게 놀랐다. 그렇게 써놓고도 왜 나한테 알려주지 않았는지 도저히 이해가 되질 않았다. 나는 이수남을 조용히 불러내서 확인하기로 마음먹었다.

내가 영수증을 보여주며 따져 묻자, 그는 자신이 내 이름을 칠판에 적었다고 순순히 시인했다. 난 너무 황당했다.

"왜 선배가 썼다고 말하지 않았어요?"

"내 필적이 '주' 자를 '수' 자 비슷하게 쓰는데, '예주'를 '예수'로 쓰고 나서 보니 네가 예수와 같이 믿음이 좋고, 착하다는 생각이 드는 거야. 그래서 우연히 쓴 글씨지만 제대로 잘 썼다고 생각해 굳이 말할 필요성을 느끼지 못한 거지."

태연스러운 그의 대답이 나를 더 당황스럽게 만들었다. 하지만 그 해프닝은 그의 순수함을 알게 되는 계기가 되었고, 본격적으로 그와 사귀게 되는 시발점이 되었다.

나는 사람을 잘 믿지 않았지만, 남편만은 믿게 되었다. 남편은 착했고, 완고한 아버지의 영향인지 아주 유연했다. 그리고 무엇보다 내 말을 잘 경청해주었다. 그런 점이 그의 매력이어서 마음이 끌렸었는데, 지금은 가장으로서 그의 우유부단함이 문제가 되고 있었다.

세상에는 역시 공짜가 없었다.

단독 세대주

어떤 비밀도 영원히 감출 수는 없다.
바다가 산이 되고, 산이 바다가 될 수 있기 때문이다.

영광이가 한 달 동안 일하고 온다며 집을 떠난 그날 오후 4시쯤 영수가 집에 왔다.

"엄마, 형 어디에 갔어요?"

"응. 오늘도 일한다고 나갔다."

"엄마! 형이 요즘 좀 이상하지 않아요? 예전의 형이 아닌 것 같아요."

영수의 말에 나는 내심 놀랐다.

"군대 갔다 오면 좀 의젓해진다고 하잖니. 그런데 뭐가 이상해?"

영광이에 대한 내 생각을 영수에게는 감추고 싶었다.

"어젯밤에 형하고 둘이서 덕풍천을 걸었는데요. 형은 이젠 대학 안 가고, 돈을 벌겠다고 하더라고요. 그러면서 나한테는 열심히 공부하라고 말했어요."

"그랬어? 형이 또 무슨 이야기를 했니?"

"형이 저하고 영서한테 주택청약통장을 하나씩 만들어주겠다고 했어요."

"그래서?"

"주민등록증을 달라고 해서 저와 영서가 형한테 줬어요."

"그랬니? 그래서 형이 통장을 만들어주었어?"

"아직요. 며칠 걸린다고 말했어요."

"그리고 형이 또 무슨 말을 했니?"

나는 영광이가 영수에게는 속내를 솔직하게 말했을 거라고 생각해 꼬치꼬치 캐물었다.

"아, 당분간은 엄마 아빠한테는 비밀로 해달라고 했어요. 그런데 지금 제가 그 비밀을 깬 셈이네요."

영수는 형과의 약속을 지키지 못해 미안한 듯 머리를 긁적거렸다.

"괜찮아. 엄마도 비밀로 할게."

동생들에게 주택청약통장을 하나씩 만들어주겠다는 것만으로도 영광이가 부동산에 몰두하고 있다는 증거였다. 군대에서 영광이가 대체 어떤 일을 겪었기에 이렇게 변했는지 더 궁금해졌다. 한 달 동안이나 일하러 가면서 어떻게 할아버지를 설득했는지도 궁금했다.

며칠 후 영서한테 전화가 왔다.

"엄마! 영서인데요?"

뭔가 급한 일이 생겼다는 듯 흥분된 목소리였다.

"응. 영서야! 무슨 일이니?"

"엄마! 병원에서 주민등록등본을 가져오라고 해서요."

"그래서?"

"점심시간에 회사 부근에서 주민등록등본을 발급받았는데, 큰오빠가 빠져 있어서요. 군대에 가면 주민등록이 군대로 옮겨지는 거예요?"

"응? 알았어. 엄마가 한번 알아볼게."

영광이의 주민등록이 집으로 되어 있지 않다는 영서 말에 놀랐지만 태연한 척했다.

곧바로 남편에게 전화했지만, 남편은 영광이가 일하러 간 곳으로 주소를 이전해두었을 수도 있지 않느냐는 식으로 말했다. 남편은 영광이의 주민등록 이전을 대수롭지 않게 생각했지만, 나는 달랐다. 말년휴가를 나오면서부터 달라진 영광이의 모습이 영 마음에 걸렸기 때문이다.

직접 내가 확인해봐야겠다는 생각에 곧바로 주민센터로 갔다. 주민센터에서 발급받은 주민등록등본에는 영서 말대로 영광이는 빠져 있었다.

"아들이 언제, 어디로 전출 갔는지를 확인해주세요!"

직원에게 따지듯 말하는 내 목소리는 나도 모르게 커져 있었다.

"전출 사실은 개인정보에 해당되어 본인 위임장이 없으면 알려줄 수 없습니다."

"내 아들이 주민등록을 다른 곳으로 옮긴 건데, 엄마가 그걸 알지 못한다는 게 말이 됩니까? 그리고 아들이 실종되었을 수도 있는데 무슨 법 타령이세요?"

직원에게 버럭 화를 내면서 큰 소리로 말했다. 내 항의 소리에 사람들이 모두 나를 쳐다보았다.

잠시 후 50대 초반으로 보이는 여성이 나를 사무실 안으로 데리고 들어갔다.

"동장입니다. 민원 업무를 처리하는 직원들은 원칙대로 처리할 수밖에 없어요."

그녀는 내게 시원한 음료수를 한 잔 주었다.

"동장님. 아들이 갑자기 전출 갔는데 그걸 엄마에게 알려주지 못한다는 것이 말이 되나요?"

동장은 잠시만 기다리라고 하고는 밖으로 나갔다가 다시 들어왔다.

"6월 15일 본인이 직접 신장1동으로 전입을 했네요."

"신장1동으로요? 신장1동 어디로 전입신고를 했나요?"

"아드님이 성년이라서 구체적으로 어디로 전입했는지는 아무리 어머니라고 해도 알려드릴 수 없어요. 나중에 분쟁 소지가 있어서요."

"그럼, 6월 15일에 본인이 직접 신장1동으로 전입신고를 했다는 말이죠?"

"그렇습니다. 더 자세한 사항은 저도 알려드리기 곤란합니다."

"알겠어요."

나는 나오면서 창구에 있는 직원에게 사과했다. 내가 누군가에게 큰소리를 친 것은 태어나서 오늘이 처음이었다.

영광이가 옆 동네인 신장1동으로 전출한 이유가 궁금해졌다. 6월 15일이면 원주로 일을 하러 떠난 바로 그날이었다. 그렇다면 집에서 가방을 메고 나와서, 곧바로 전입신고를 했다는 말이었다.

'그 이유는 무엇일까?'

주간에는 전화를 받지 못하고, 한 달 동안 원주에 있는 병원 인테리어 공사를 하러 간다는 영광이 말이 문득 떠올랐다.

'원주 신축 병원 공사', '원주 병원 인테리어 공사'라는 단어로 인터넷 검색을 해보았지만 영광이가 일하는 현장을 찾을 수 없었다.

'공사 현장으로 떠나가기 전날 영수와 영서에게 주택청약통장을 만들어주겠다고 한 일과 주민등록을 몰래 이전한 이유가 서로 연관이 있는 것일까?' 아무리 생각해도 감이 잡히지 않았다.

퇴근하고 돌아온 남편에게 물었다.

"혹시 영광이가 일하러 간 이후에 통화한 적이 있었어?"

"응. 한 번인가 전화가 왔었어. 떠난 다음 날, 인사를 못하고 갔다고 하면서 잘 있으니 걱정하지 말라고."

남편은 대수롭지 않게 말했다.

"그 이후로는?"

"내가 몇 번 전화를 했는데 휴대폰 전원이 꺼져 있어서 통화는 못 했어."

"그래?"

"무슨 일 있어?"

"당신! 요즘 정신이 있어요? 아들이 집을 나간 지 며칠이

지났고, 연락이 안 되는데 걱정도 안 돼요?"

내가 버럭 화를 내자 남편은 깜짝 놀라는 눈치였다.

"미안해. 내가 요즘 좀….'

"당신은 말끝마다 미안하다고 말하는데 나랑은 말하기 싫은 거지?"

나는 고양이가 쥐를 몰아세우듯 남편을 몰아붙였다.

"여보. 아버지 계시니 제발 좀 조용히 하고, 나중에 이야기하자."

남편은 시아버지가 들을까 봐 안절부절못했지만, 나는 아무것도 안중에 없다는 듯이 계속 소리쳤다.

"영광이가 집을 나서면서 딴 데로 전입했어. 일하러 간다는 바로 그날 말이야."

남편은 평소와 다른 내 모습과 영광이가 전입신고를 하고 집을 떠났다는 말에 어쩔 줄 몰라 했다.

"아까 전화로 주민등록에 영광이가 없어졌다는 말이 그런 거였어?"

남편은 그제야 내가 소리친 이유에 귀를 기울이기 시작했다.

주민센터에 갔던 일, 직원에게 큰소리를 쳤던 일 등을 들은 남편은 나를 쳐다보면서 놀라움과 걱정하는 표정이 역력했다. 유난히 기가 꺾여 보여서 미안한 생각이 들었지만, 일부러 내색은 하지 않았다.

"내가 내일 자세히 알아볼게. 오늘은 당신이 고생 많았네."

무엇을 어떻게 알아보겠냐고 따지고 싶었지만 더는 묻지 않았다.

남편은 밤새 뒤척거렸고, 나도 잠을 이루지 못했다. 아무 말 없이 조용히 누워 있었지만, 남편도 밤새 잠을 이루지 못하는 것 같았다. 내일도 가게 일을 해야 하는 남편이지만, 이 날만큼은 먼저 손을 내밀고 싶지 않았다. 수십 년을 함께한 부부가 각방을 쓰고, 별거하고, 이혼한다는 것이 실감이 났다.

아침 8시가 넘어서야 눈을 떴다. 남편은 이미 집을 나갔고, 영수와 영서도 보이지 않았다.

얼른 일어나 작은방으로 가서 시아버지께 인사를 드렸다.

"아버님! 시장하시죠? 제가 늦잠을 잤네요. 죄송해요. 얼른 아침 준비해드릴게요."

이런 일은 지금껏 처음이었다. 아침을 준비하면서도 영광이의 전입 사건이 머릿속을 떠나질 않았다.

오늘은 시아버지와 대화를 좀 해볼 생각이었다. 영광이가 집을 떠나던 날 2시간 이상 대화하면서 영광이가 일하러 가는 것을 시아버지가 허락했는지 꼭 확인하고 싶었다.

아침 식사를 마치고 나서 커피를 한 잔 들고 작은방으로 들어갔다.

"아버님! 혹시 제게 해주실 말씀 없으세요?"

나는 조심스럽게 시아버지의 눈치를 살폈다.

"아니. 무슨 말이냐?"

시아버지는 약간 경계하는 눈빛으로 되물었다.

"혹시 영광이와 오랫동안 말씀 나누었던 날 영광이가 뭐라고 말했는지 궁금해서요."

그제야 시아버지는 긴장을 푸시더니 대답했다.

"그날 뭐 특별한 이야기를 한 것은 아니고, 요즘 군대가 예전하고 많이 달라졌다는 이야기 등을 했지. 왜? 영광이가 뭐라고 하더냐?"

"아니요. 영광이는 그날로 일하러 나가서 통화만 가끔 해요."

영광이와 나눈 이야기를 해주기를 기대하면서 영광이가 일하러 간 사실을 강조했다.

"그래. 영광이가 이제는 철이 다 들었더라. 어른이 다 되었어."

시아버지는 그 말을 하고는 방에 놓여 있는 책을 집어 들었다. 나는 더 묻고 싶었지만, 그냥 작은방에서 나올 수밖에 없었다. 가슴이 더 답답해지는 것 같았다.

영광이가 말년휴가를 나오고부터 풀리지 않는 수수께끼 같은 일들이 계속 일어났다. 요즘은 남편과도 서먹해졌다. 남편이 결정장애가 있다는 심리상담사의 말을 듣고 남편만 의지할 수 없다는 생각이 들어서일까? 어젯밤부터 남편에 대한 기대와 믿음이 더 작아진 것 같았다.

문득 영광이가 지금 우리가 살고 있는 집을 7월 29일까지 비워줘야 한다는 사실을 알고 있는 것은 아닐까, 하는 생각이 들었다. 얼마 전에 집주인으로부터 받았던 내용증명 때문이었다. 집주인이 입주해야 할 사유가 생겼다는 이유로 우리에게 집을 비워달라는 내용이었다.

나는 정신과병원에 가서 약 처방을 받고, 심리 상담도 좀 받아야겠다고 생각했다. 지난번 방문 때 40대 중반의 여자 심리상담사와의 상담이 좋았던 기억이 났다.

정신과병원은 늘 그러하듯이 서로가 서로에게 관심을 받기 싫어하는 사람들이 많은데, 오늘은 그런 분위기가 오히려 편안하게 느껴졌다.

의사의 진료 중에 심리 상담을 받고 싶다고 했다. 진료를 마치고, 진료실과 약간 떨어져 있는 상담실로 들어갔다. 잠시 후 젊은 남자 심리상담사가 들어왔다.

나는 약간 당황했다.

"혹시 전에 상담하셨던 선생님을 원하시면 내일 오셔야 합니다."

내가 당황한 것을 알아차렸는지 심리상담사가 먼저 차분하게 말했다. 심리상담사는 30대 후반 정도로 보였고, 안경을 낀 깔끔한 외모였다. 문득 영광이 문제는 오히려 젊은 남자 심리상담사가 더 좋을 수 있다는 생각이 들었다.

"선생님한테 상담을 받겠습니다."

심리상담사는 잠시 컴퓨터를 살펴보았다.

"지금 선생님을 가장 괴롭히는 문제가 제대한 큰아들 문제죠?"

그 말에 나는 깜짝 놀랐다. 전에 상담했던 내용을 보면서 질문하는 것이지만, 내 문제를 콕 집어서 꿰뚫어 보았기 때문이다. 지난번 상담에서는 주로 남편 문제를 상담했었다. 그때는 영광이 이야기는 약간만 언급했을 뿐 상세하게는 말하지 않았었다.

"선생님! 제가 오늘 아들 문제로 왔다는 것을 어떻게 아셨어요?"

나는 심리상담사의 첫 질문에 깜짝 놀란 만큼 궁금하기도 했다. 심리상담사는 옅은 미소를 지었다.

"선생님 나이에 배우자 문제로 1주일도 채 안 돼서 재차 상담을 받으러 오시는 분은 거의 없거든요. 그리고 지난번에 남편분이 결정장애가 있다고 안내를 해드렸는데, 그 문제로 또 오시는 경우는 거의 없어서요."

"예, 그렇군요."

심리상담사의 추론은 나름 논리적이었다.

"아마도 남편의 문제보다 더 근본적인 문제는 자녀 문제나 금전 문제일 거라고 생각했어요. 지난번에 아들에 관하여 말씀을 많이 하지 않았기 때문에 상담하시는 분이 맥락을 놓칠 수 있었을 거예요."

그랬다. 지난번 상담할 때에는 아들 문제에 대하여는 말을 아꼈었다.

"심리상담사도 사람인지라 자신의 관점에서 환자를 대하는 성향이 있어요. 심리상담사도 성별이나 나이, 경험을 벗어나기 어려운 한계가 있기도 하고요."

심리상담사의 말을 듣고서야 내가 남편 문제가 아닌 아들 문제로 상담을 받으러 온 것을 알아차린 그를 이해할 수 있었다. 아는 만큼 보이는 법이다.

나는 심리상담사에게 영광이가 말년휴가를 나와서 일을 하러 간 사정을 상세하게 이야기했다. 그리고 전입신고를 한 일까지 다 말했다. 더 이상 그에게 숨기고 싶지 않았다.

　심리상담사는 30분 정도 계속된 내 말을 듣기만 했다. 그러면서 종이에 뭔가 메모하는 모습만 간간이 보였다. 내가 말하는 동안에는 컴퓨터는 쳐다보지도 않았다. 하고 싶었던 말을 다 하고 나니 속이 후련했지만, 한편으로는 너무 많은 이야기를 한꺼번에 다 했다는 생각이 들었다.

　심리상담사는 상담을 받는 사람이 편하게 하고 싶은 말을 다 쏟아내도록 하는 마력이 있어 보였다.

　"아드님은 군대에서 큰 충격을 받은 것 같아요. 아마도 그의 머릿속에 있던 관념이나 사고방식이 완전히 그 충격에 흔들린 거죠. 쉽게 말하면 그의 사고방식과 관념에 지진이 일어났다고 보면 돼요. 군이라는 조직에 가면 누구나 자신의 사고방식과 관념에 충돌이 일어나고 부조화가 생기기도 하죠. 그런데 그 격차가 클수록 충격의 강도가 큰 것이고, 격차가 적을수록 일시적인 흔들림일 수 있어요."

　심리상담사의 말을 듣자 말년휴가를 나와서 영광이와 나누었던 대화가 떠올랐다.

　교회를 다니지 않게 된 일, 돈을 벌겠다고 한 말, 다른 아이들은 부동산과 주식 투자를 한다는 말 등등….

"선생님. 그런 상황에서 저는 어떻게 해야 할까요?"

심리상담사는 잠시 생각을 하고는 천천히 말했다.

"군대라는 환경에서 벗어나 시간이 지나면, 어느 정도는 예전 상태로 돌아옵니다. 그런데 문제는 가족과의 관계는 예전처럼 되돌아오기 어렵다는 거죠."

"예? 가족과의 관계는 예전처럼 되돌아오기 어렵다고요?"

"아마도 그럴 겁니다."

"그 이유가 뭐죠?"

"가족에 대한 아드님의 생각이 고정되어 있고, 가족들도 아드님이 군대 가기 전과 똑같아야 한다고 기대하기 때문이죠."

"그러면 가족들은 어떻게 해야 하나요?"

나는 심리상담사의 말에 공감했다. 하지만 해결 방안을 듣고 싶었다.

"쉽지는 않은데요. 가급적 아드님이 군대에서 받은 충격에 대하여 솔직하게 공감해줘서 서로 관계 형성을 새롭게 하는 것이 중요해요."

"어떻게 해야 하는지 구체적으로 좀 알려주세요."

"글쎄요? 과거 일을 충분히 서로 공유하여 아드님이 스스로 궁금했던 과거 일을 이해하도록 하는 게 중요합니다. 그런데 가족 문제는 그게 쉽지 않아요. 그 과정에서 새로운 문제를 야기할 수도 있기 때문이죠."

나는 심리상담사가 하는 말에 빨려 들어가는 것 같았다.

나는 단 한 번도 주역이나 운세 같은 걸 본 적이 없었지만, 내 앞에 앉아 있는 심리상담사는 내 속을 들락날락하면서 훤히 다 알고 있는 것 같았다.

"선생님! 그럼, 아들과 공감대를 형성하는 방법을 구체적으로 좀 알려주세요."

나는 심리상담사에게 매달리고 싶었다. 그만큼 절박했다.

"글쎄요? 그 방법은 직접 찾으셔야 해요. 가족 간의 관계가 다 다르고, 관계 형성도 유형도 다 다르기 때문에 일률적인 해결책은 사실상 없다고 봐야 합니다."

"선생님은 저와 비슷한 사례를 상담한 경험이 있으실 거 아니에요?"

나는 어떻게든 심리상담사로부터 해결 방안을 찾아야 한다고 생각했다.

"아, 이런 방법은 어떨까요?"

"예?"

"가족사진을 보면서 아드님과 추억을 공유하는 시간을 통해 그의 무의식을 드러내게 하는 방법은 어떨까요?"

"아, 예."

"가능하면 아드님이 주도적으로 이야기하게 하고, 100% 들어주고 공감해주세요. 그러면 아드님은 자신의 옛날 추억을 떠올리면서 당시 느꼈던 감정, 궁금했던 일, 불만 등을 그대로 드러낼 겁니다. 이런 것은 무의식 가운데 나오는 것이어서 그가 무엇이 불만이었는지 확인할 수 있어요".

"그렇군요."

"주의할 점은 가능하면 그가 하는 질문에는 솔직하게 이야기해줘야 한다는 겁니다."

"뭐든지 솔직하게 대답해줘야 한다는 말씀이죠?"

"예, 그렇습니다. 오늘 상담은 이것으로 정리해도 되겠지요?"

"예. 감사합니다, 선생님."

심리상담사는 자신이 적어둔 메모지를 정리하면서 상담을 마치려고 했다. 나는 재빠르게 영광이의 주민등록 전입에 대한 것도 물어보았다.

"선생님. 마지막 한 가지만요."

"예. 말씀하세요."

"아들이 갑자기 주민등록에서 자신만 전출하여 다른 주소로 전입신고를 했는데 그 이유를 모르겠어요."

"그건 저도 모릅니다."

"예⋯."

"그런데 심리적인 측면보다는 경제적이고 현실적인 이유일 거라는 추측은 됩니다."

"아, 예. 경제적이고, 현실적인 문제요."

나는 상담을 마치고 병원을 나왔다.

지난번 상담보다는 뭔가 원인과 해결책을 손에 쥐고 나온 것 같은 느낌이 들었다.

영광이가 집을 떠난 지 3주가 지났다. 이제 1주일만 더 있으면 집으로 돌아올 것이다.

며칠 전에 영광이한테 문자가 왔었다.

엄마! 일을 하다 보면 제때 연락을 하지 못할 때가 많아요. 죄송해요.

무소식이 희소식이라고 전 잘 지내고 있습니다.

아직 군대 생활을 한다고 생각하시면 될 것 같아요.

야간 작업으로 전화를 못 한 날도 있었고요.

숙소에 돌아오자마자 그대로 잠든 날도 있었고, 휴대폰 배터리가 방전된 날도 있었고요.

자주 연락하지 못했지만 전 잘 지내고 있어요.

7월 15일 수요일 오전에는 집에 갈 수 있을 것 같아요.

일정대로 공사가 진행되면요.

이제 1주일만 기다리면 영광이가 집으로 돌아온다.

말년휴가 나오기를 기다릴 때와는 느낌이 달랐다. 말년휴가 때는 기대감이 있었지만, 지금은 걱정만 잔뜩 쌓여 있었다.

심리상담사 말대로 영광이가 오면 그의 잠재의식을 확인해보고 싶었다.

결혼식 사진, 영광이가 태어났을 때 사진, 어린 시절 사진, 영수와 영서 사진, 가족과 함께 여행 갔을 때 찍은 사진 등을 미리 찾아놓았다. 심리상담사의 조언대로 영광이 사진을 중심으로 가능한 빠짐없이 챙겨두었다.

며칠 동안 잠을 제대로 이루지 못한 탓인지 피곤했다. 요즘은 터놓고 대화할 상대가 없었다. 마치 세상에 나 혼자인 것처럼 외로웠다.

그동안 남편에게 의지하고 모든 근심과 걱정거리를 상의

했지만, 지금은 그럴 마음이 조금도 없었다. 남편이 예전과 같이 느껴지지 않았기 때문이다. 며칠 동안 내 눈치만 살피는 남편의 모습이 처량해 보였지만, 그렇다고 예전으로 되돌아가고 싶지는 않았다.

'마음이 변한 걸까? 아니면 사랑이 식은 걸까? 그것도 아니면 50대 여자의 권태기 탓일까?'

이런저런 생각을 해도 속 시원하게 답을 찾을 수는 없었다.

오늘은 새벽기도 갈 때마다 만났던 최숙희 권사에게 전화를 걸었다. 최 권사는 나보다 나이도 많고, 상냥하고 매너가 좋은 분이었다.

하남으로 이사 와서는 새벽기도와 주일 예배만 볼 뿐 신도들과 교제를 전혀 하지 않았다. 둔촌동에서 만난 김 권사와 이 집사에 대한 나쁜 기억으로 교인들과 거리를 두었기 때문이다.

"안녕하세요, 권사님! 나예주입니다."

"어머. 나 집사님! 잘 지내시지요? 요즘 코로나로 새벽기도를 못 나가서 답답했는데 반가워요."

"권사님도 잘 계시지요?"

"나야 이렇게 잘 지내고 있지요. 나 집사가 전화를 다 했네?”

“아, 예. 좀 답답해서요.”

“와우! 코로나가 무섭기는 무섭구나. 나 집사님을 심심하게 만들어서 나한테 전화를 다 하게 만드니.”

“죄송해요, 권사님.”

“무슨 말씀을요. 그러잖아도 오늘 몇몇 신도들과 마방집에서 점심을 하기로 한 날인데, 같이 갈래요?”

“예, 권사님. 제가 가도 되는 자리면 끼워주세요.”

“다 아는 신도들이야. 주일마다 보던 신도들인데 내가 오늘 좀 보자고 했어요. 너무 답답해서 점심이나 하자고.”

“예, 권사님. 저도 갈게요.”

“그럼, 내 차로 같이 갈까요?”

“그럼, 감사하죠.”

내가 최 권사에게 전화한 일은 분명 평소의 나와는 다른 모습이었다.

마방집은 100년 정도 된 하남의 명물 한정식 식당이다. 마구간을 갖춘 주막이라는 의미의 마방馬房은 요즘의 휴게소와 비슷하다. 큰 방 안에 자리를 잡고 앉아 있으면, 주방에서 잘 차려진 상을 남자 두 명이 맞들고 방 안으로 가져온다. 상 위의 놋쇠 그릇에는 수십 종류의 나물 반찬이 놓여 있다. 그리고 무엇보다 식당 건물 한가운데 있는 라일락꽃이 피는 봄이면 진한 향기가 방마다 퍼져 음식을 먹기도 전에 꽃향기에 취하곤 했던 기억이 있는 식당이다.

마방집 안채에 들어가니 신도 4명이 먼저 와서 자리를 잡고 앉아 있었다.

"환영합니다. 나 집사님!"

"예, 감사해요."

모두 나를 반갑게 맞아주었다. 왜 그렇게 교인들과의 모임을 피했는지 한편으로는 부끄러웠다.

잠시 후 젊은 청년 두 명이 큰 상을 맞들고 방 안으로 들어왔다.

마방집 정식은 수십 가지의 나물 음식과 보리밥이 나온다. 묵은 된장으로 끓인 된장찌개와 고체 연료로 데워주는 장작 불고기 맛이 일품이다.

식사를 마치자 자연스럽게 대화로 이어졌다. 부동산에 관한 이야기가 주된 화젯거리였다.

"최 권사님! 이 마방집도 교산 신도시에 편입되어 이전을 해야 한다고 하네요."

부동산중개업을 하는 김은혜 집사의 말에 모두 놀라는 눈치였다.

"그래요? 마방집도 철거가 된다고요? 그나저나 김 집사님 교산 신도시 관련해서 좋은 정보가 있으면 오늘 좀 풀어 주세요."

빵집을 운영하는 이 집사 말에 모두 맞장구를 쳤다.

"김은혜 집사님! 우리에게 은혜를 내려주소서."

그러자 모두가 김 집사를 응시하면서 박수를 쳤다. 김 집사는 양손을 위아래로 흔들며 자리에서 일어났다. 마치 강사가 무대에 오를 때 하는 김 집사의 인사법에 모두 한바탕 웃었다.

"그럼 우선 하남시에 5호선 지하철 4개 역이 신설된다는 것은 다 아시죠? 미사역과 하남풍산역은 올해 개통이 되고요. 하남시청역과 하남검단산역은 좀 늦어질 것 같아요."

"무슨 문제가 있나요?"

"아뇨. 큰 문제는 없는 것 같아요. 내년 3월에는 개통될 거예요."

"지하철이 개통되면 이젠 하남도 천지개벽되는 거죠?"

최 권사가 맞장구를 쳤다.

"아직 시작도 안 했다고 보면 돼요. 정부에서 추진하는 3기 신도시 가운데 하나인 교산 신도시가 들어서면 정말 하남은 제2의 판교같이 천지개벽이 되는 셈이죠."

"집사님. 지하철 3호선이 하남까지 연장된다는 것도 확정적인가요?"

"처음에는 하남에서 잠실까지 경전철을 신설하는 방안도 함께 고려했는데, 하남시민들의 반대로 지하철 3호선이 오금역에서 하남시청역까지 연장되는 것으로 결정될 것 같아요."

"역시 김은혜 집사님 정보력이 최곱니다."

그러자 조용히 있던 한 집사가 나섰다.

"집사님. 정부에서는 집값이 곧 폭락할 것이니 지금 집을 사지 말라고 하는데, 어떻게 해야 하나요? 그게 제일 궁금해요."

갑자기 김 집사의 입에 온통 시선이 집중되었다.

"무조건 사야 합니다. 지금 정부 정책과 반대로 가면 돈을 벌고, 정부 말대로 하면 영영 집을 못 살 수도 있어요."

김 집사의 대답은 예상외로 간단명료했다.

"동서고금을 막론하고 그 어떤 나라도 나라님이 백성의 가난을 완전하게 구제하지는 못하잖아요. 굶주린 사람들에게 일시적으로 밥은 줄 수 있지만, 가난 구제는 못 해요. 하물며 백성들의 보물 1호인 집에 대하여 정부가 완벽하게 통제를 하겠다는 것은 어불성설이죠. 그러니 정부 정책을 그대로 믿는 것은 바보예요."

김 집사의 확신에 찬 대답에 모두 놀라는 눈치였다.

김 집사의 말이 끝나자 조용히 있던 한 젊은 집사가 물었다.

"집사님. 시댁이 지방에서 토지보상금을 받았는데, 그 돈으로 강남아파트를 사겠다고 하는데 그건 어떤가요?"

"아주 현실적인 선택이지요. 지난 50년간 쌀값은 50배가 오른 반면, 강남의 집값은 3,000배가 올랐다는 통계가 있어요."

"그렇게 말씀하시니 이해가 쉽네요."

"상식과 시장을 믿어야 합니다. 지금 정부에서 양도세와 보유세로 주택 양도와 보유를 통제하면 다주택자들이 가지고 있는 주택이 시장에 나올 것으로 예상하지만, 그 정책이 통하지 않잖아요."

"그 이유가 무엇이죠?"

"집값이 오를 것이 확실한데 누가 팔겠어요. 특히 서울 아파트 가격은 금값이고, 더 오를 것이라고 기대해서요. 모두 강남아파트를 선호하잖아요. 똘똘한 한 채를 갖자는 주의죠. 그러니 지방 돈이 서울로 몰려오고 있는 거예요."

"그렇군요."

"솔직히 우리 하남도 걱정이에요."

김 집사는 갑자기 하남 이야기를 하면서 한숨을 크게 내쉬었다.

"뭐가 걱정인데?"

최 권사가 물었다.

"교산동에서 비닐하우스나 창고업을 하는 사람들이 토지 보상금을 받으면, 그 돈으로 하남에 투자가 되어야 하는데, 아마도 많은 돈이 강남아파트 구입으로 흘러갈 것 같거든 요."

"아, 결국 하남 돈이 강남으로 빠져나갈 수 있다는 거네 요."

"그렇죠. 강남으로 쏠림 현상이 더 커지는 거죠."

"그럴 수도 있겠네요."

"그냥 강남 재건축을 통해서 공급을 늘렸으면 강남은 그들만의 리그가 되는데, 정부에서 강남 집값을 잡겠다고 스무 번이 넘는 정책을 내놓으니 오히려 사람들이 강남으로 더 쏠리게 되는 거죠."

"아, 그렇군요."

"가격이나 수요는 희소성이 정한다는 평범한 경제원칙에 반하는 정책을 정부가 강하게 펼치다 보니 이렇게 왜곡되는 거예요."

"정부가 왜 경제원칙에 반하는 정책을 밀어붙이죠?"

지금까지 한마디도 하지 않던 윤 집사가 물었다.

"그건 정부마다 정책 목표가 있어서 그 목표를 달성하기 위해 그런 겁니다. 아무튼 지금 정부는 유령과 싸움을 하고 있는 셈이에요."

"유령과의 싸움이요?"

"예. 가격은 수요와 공급이 만나는 점에서 정해지는 것이 경제학 원칙이거든요. 그런데 정부의 부동산 정책은 수요와 공급을 무시한 채 부동산 가격을 잡겠다고 덤비는 셈이죠."

"그렇게 설명하시니 이해가 되네요."

"김은혜 집사님은 학부는 역사학, 석사는 경제학을 전공했어요. 역시 부동산 정책에 대하여 핵심을 꿰뚫어 보고 있네요."

최 권사의 말에 모두 고개를 끄덕였다.

"나 집사도 궁금한 게 있으면 뭐든 물어보세요. 다 알고 믿는 사이인데, 뭐."

조용히 듣고만 있던 나를 배려하듯 최 권사가 말하자 모두 나를 쳐다보았다.

"제 큰아들이 얼마 전에 제대했는데요. 군대 갔다 와서는

20대, 30대가 거의 다 부동산이나 주식에 투자한다고 하던데, 맞나요?"

나는 영광이가 정상적인지, 아니면 유별난지 확인해보고 싶었다.

"맞아요, 집사님. 요즘 20대와 30대가 영끌로 집을 산다고 난리잖아요. 요즘 아파트 구입을 30대가 가장 많이 한다고 언론에서도 계속 떠들고 있고요."

"그래요? 제 아들 말이 사실이네요. 집사님! 그런데 '영끌'이라는 말이 무슨 뜻이에요?"

내 말이 끝나자마자 모두 큰 소리로 웃기 시작했다.

"나 집사님은 유머 감각이 뛰어나시네요."

그 말에 모두 또다시 박장대소했다.

"나 집사님. 영끌은 '영혼까지 끌어모아' 집을 산다는 뜻이고요. '빚투'는 '빚을 내서 투자한다'는 뜻이에요."

김 집사는 '영끌'을 설명하면서, '빚투'까지 함께 설명했다.

분위기를 바꾸려는 듯 최 권사가 나섰다.

"지금 가장 핫한 교산 신도시 분양권 때문에 이 동네에 위장 전입 세대가 많다면서요? 우리도 아들딸을 단독 세대주로 해줘야 하는 거 아닌가?"

그러자 모두 고개를 끄덕였다.

"3기 신도시 중 교산 신도시가 가장 인기가 많아서 지금 하남으로 전입해두려는 사람들로 넘쳐나요."

"그래서 요즘 하남에 전세고, 월세고 다 씨가 마른 거군요."

"그래요. 집주인들이 정부에서 법으로 계약 기간을 연장할 수 있게 하니깐, 일단 계약 기간이 끝나면 자신이 입주한다고 핑계를 대고, 집을 빼서 여기에 여러 명에게 세를 주는 편법이 활개를 치고 있어요. 서울에서 살다가 어려워진 사람들이 하남에 와서 정착한다는 말은 이젠 옛말이 되었어요."

"집사님. 그럼 우린 어떻게 해야 하나요?"

"사실 오늘 모임의 핵심이 바로 그 점입니다. 집사님들도 자식들 명의로 단독 세대주로 해두세요. 교산 신도시 1순위 주택 청약 요건이 2년 이상 하남 거주를 요건으로 할 것 같으니까요. 서두르셔야 합니다. 언론에서 하도 떠들어대서 곧 시에서 대대적인 조사를 할 수 있으니까요."

그 말에 모두 고개를 끄덕였다.

"단속을 피할 수 있는 방법은요?"

"간단해요. 방마다 한 명씩 세대주로 하면 돼요. 방이 3개인데 5명의 세대주라면 의심을 받지만, 3명이 세대주면 문제될 게 없어요."

"그렇군요."

"각자 방 하나씩 사용하고 부엌이나 화장실은 공동으로 사용한다고 하면 되거든요. 다른 지역에서 전입하는 사람들보다는 우리같이 하남에서 오래 살았던 사람들에게 주는 특혜나 마찬가지인 셈이죠."

"방 하나에 한 명씩 세대주로요?"

최 권사가 김 집사의 설명을 요약하듯 정리했다.

"오늘의 명언입니다. 오늘도 식사비는 좋은 정보를 주신 김 집사님만 빼고, 똑같이 나누어서 내도록 합시다. 아, 오늘 처음 참석한 나 집사님도 오늘은 면제고요."

"아휴, 권사님. 이렇게 좋은 모임에 참석할 수 있게 해주신 것만으로도 감사한데요. 저도 낼게요."

"아니에요. 첫 참석하는 분은 환영하는 의미에서 내지 않는 것이 이 모임의 원칙입니다. 앞으로 계속 나오시면 돼요."

돈을 갹출하자는 최 권사의 말에 모두 동의했다.

부동산에 관하여 영광이가 군대에서 받은 충격이 오늘 이 모임에서 내가 느꼈던 것보다 몇 배는 더 컸을 거라고 생각하니 마음이 아팠다. 영혼까지 끌어다가 집을 산다는 '영끌'이라는 말은 되씹을수록 섬뜩하게 느껴졌다.

오랜만에 사람들을 만나 식사도 하고, 잡담을 했더니 마음이 한결 가벼워졌다. 이 모임에 계속 참석하고 싶었다. 부동산이 나와는 아무 상관없다고 생각했었는데, 무관심하다고 피할 수 있는 일은 아닌 것 같았다. 내 눈이 편안해야 풍경도 아름답게 보인다는 말이 문득 떠올랐다.

영광이와의 대화를 위해서라도 부동산에 관심을 가질 필요가 있다고 생각했다. 기독교인으로서 부동산으로 돈을 벌면 하나님께 십일조 헌금을 더 많이 낼 수 있어서 좋다는 김미자 권사의 말이 귓전에 한동안 맴돌았다.

집으로 돌아오면서 치킨집을 운영하면서 혼자 고생하는 남편이 측은하게 느껴졌다. 오늘은 남편이 퇴근하길 기다렸다가 이야기 좀 해야겠다고 마음먹었다.

"미스터 미안해 씨! 오늘은 좀 어땠어요?"

나는 남편을 바라보면서 '미스터 미안해'라고 불렀다.

"엉? 오늘은 장사가 좀 됐지."

남편은 나의 장난기 어린 농담에 약간 당황한 듯했지만 표정은 편안해 보였다.

"미안해요, 내가 요즘 좀 못되게 굴어서. 어제 한숨도 못

자고 힘들었지?"

나는 남편을 가볍게 안고는 등을 토닥거려 줬다.

"당신도 잠을 못 잤지? 새벽녘에 잠깐 잠이 드는 것을 보고 조용히 나왔는데."

"그랬구나. 여보, 앞으로는 그러지 마. 알았지?"

남편이 나를 껴안아 주었다. 오랜만에 느껴보는 연애할 때의 감정이었다.

"난 아직도 풀리지 않은 수수께끼 같은 게 있거든."

남편은 나를 보면서 말했다.

"수수께끼라니? 무슨 말이야?"

"영광이가 말년휴가를 나오고, 며칠은 아주 편안했거든. 그런데 그 이후 갑자기 영광이가 인테리어 공사 일을 하러 다녔고, 당신한테 100만 원 돈 봉투를 건넸고, 한 달 동안 일을 하러 갔잖아."

"그랬었지."

남편은 영광이가 휴가를 나와서 태도가 변한 이유에 계속 의문을 품었다.

"영광이가 공부보다는 돈을 벌어야겠다고 마음먹게 된 계기가 있었을 거야. 그런데 그게 뭔지 모르겠단 말이야. 도대체 그게 뭘까?"

남편은 평소와 달리 날카로운 관찰력을 뽐내고 있었다.

　"당신의 말을 듣고 보니 그렇기는 하네. 처음 집에 왔을 때는 예전 모습이었는데, 인테리어 공사 일을 하러 다니면서 뭔가 변한 것은 맞는 것 같아. 당신 말대로."

　남편은 영광이가 말년휴가를 나온 날부터 지금까지의 변화를 예리하게 파악하고 있었다.

　"말년휴가를 나와서 인테리어 공사를 하러 가기 전까지 사이에 대체 무슨 일이 있었을까?"

　"당신 이야기를 듣고 보니 정말로 수수께끼 같네. 당신은 잡히는 데가 있어?"

　"혹시 집주인한테 온 내용증명을 영광이가 본 건 아닐까?"

　남편은 곰곰이 생각하다가 내용증명 이야기를 꺼냈다.

　"아니야. 그 내용증명을 애들이 보면 큰일 나지 싶어, 내가 보자마자 잘 가지고 있다가 당신한테만 바로 보여준 거야. 그리고 지금까지 내가 보관하고 있어."

　"내용증명 온 것을 어디에 두었는데?"

　남편이 빠르게 되물었다. 나는 안방에 있는 장롱 속 서랍 안에서 편지봉투를 한 장 꺼내 가져왔다.

　"여기에 두었거든. 내 속옷을 보관하는 서랍은 누구도 열어보지 못하잖아. 당신도 몰랐지?"

남편은 고개를 숙이고 뭔가 생각에 잠겼다.

"내용증명 좀 줘 봐."

내용증명이 든 봉투를 남편에게 건넸다.

"내용증명을 뜯어 본 것이 분명히 당신이었어?"

"그렇다니까. 내가 봉합되어 있는 봉투를 가위로 잘랐어. 분명히."

"그럼, 이 내용증명을 당신이 직접 받았던 거야?"

"아니. 내가 직접 받지는 않았어."

"그럼?"

"식탁 위에 있던 것을 내가 가위로 개봉했고, 당신한테만 보여주고는 여기에 둔 거야."

"그랬어?"

남편은 놀라는 눈치였다.

"바로 그게 문제였네. 이 내용증명을 영광이가 본 거야. 틀림없어."

남편은 영광이가 내용증명을 먼저 보고, 봉합해두었는데 내가 그걸 가위로 절단을 한 것이라고 확신했다.

"내용증명이 두 번째 온 거였거든. 처음에는 사람이 없었는지 다음에 다시 온다는 스티커가 출입문에 붙어 있더라고. 그리고 며칠 후 이 편지봉투가 식탁 위에 놓여 있었고."

"편지봉투 줘 봐. 내일 내가 우체국에 확인하면 누가 수령했는지 확인할 수 있어."

"그래?"

"내용증명은 발송인이 수신인에게 확실하게 보내는 데 쓰는 방식이라서 수령자가 누구인지의 여부가 나중에 분쟁의 핵심이거든. 우체국에서 한 부 보관하고, 수령인이 누구인지도 알 수 있거든."

"여보. 정말로 영광이가 내용증명의 내용을 보았으면 어쩌지?"

둘은 영광이가 내용증명을 수령했고, 내용을 보았을 거라고 생각하니 걱정이 앞섰다.

내용증명에는 우리가 전세가 아닌 보증금 5,000만 원에 월 100만 원 월세로 산다는 내용이 적혀 있는데 영광이가 보았다면 큰 충격을 받았을 게 분명하기 때문이었다. 무엇보다도 영광이가 내용증명을 보고 나서 일을 해서 돈을 벌겠다고 마음을 먹었다면 부모로서 정말 미안하고 끔찍한 일이었다.

내용증명은 집주인이 보낸 것이다. 지금 살고 있는 집을 7월 29일까지 비워달라는 내용인데, 몇 번 전화를 하더니

만 갑자기 내용증명을 보냈다. 자신들이 입주를 해야 한다는 이유였다.

나는 남편과 이사 갈 곳에 대해 이야기했다.

"내가 집을 좀 알아보고는 있는데, 요즘 하남에 전세나 월세가 나온 게 없어서 큰일이야."

남편도 시간 날 때마다 이사할 집을 찾고 있었다.

"내일 일은 내일로, 오늘 일은 오늘까지만."

오랜만에 이날 밤은 편하게 잠을 잘 수 있었다.

아침 식사를 마치고, 이사할 집을 내가 찾아보기로 마음먹었다. 남편만 믿고 기다릴 수만은 없는 일이었다. 월세로 집을 구해야 할 형편이라서 아파트는 생각도 못 하고, 구도심을 중심으로 돌아다녀 보기로 했다.

부동산 몇 곳을 다녀보았지만, 전세와 월세는 찾아보기 힘들었다. 간혹 나온 집도 대부분 전세뿐이었다.

문득 마방집에서 만났던 김은혜 집사를 찾아가 보기로 했다. 그날 김 집사의 부동산 정책에 대한 설명이 논리적이고 명확해서 그녀의 조언을 듣고 싶었기 때문이었다. 그날 받은 명함을 들고 그녀가 운영하는 부동산을 찾아갔다.

김은혜 집사의 부동산은 아파트 단지가 몰려 있는 신장 2동 은행지구 상가 2층에 있는 '샬롬부동산'이었다.

"김 집사님! 안녕하세요."

"아, 샬롬! 어서 오세요, 나 집사님."

"혹시 바쁘신데 내가 불쑥 방문한 것은 아닌지 모르겠네요?"

"무슨 말씀을요. 평소 나 집사님하고 친교하고 싶었는데, 찾아오시니 너무 반갑네요."

사무실은 넓지는 않았고, 성화 그림이 몇 개 걸려 있는 아늑한 분위기였다. 사무실 한쪽에는 컴퓨터가 놓여 있는 책상과 프린터가 있고, 중앙에는 5명 정도 앉을 수 있는 원탁이 놓여 있었다. 출입구 한쪽에 공인중개사 자격증과 영업신고증이 아니면 부동산 사무소라고 생각할 수 없는 분위기였다.

"김 집사님. 사무실이 너무 편안하고 좋네요. 제가 생각했던 부동산 사무소와는 완전히 딴판이네요."

"제가 커피 마니아라서 커피를 마시기 좋은 분위기로 꾸몄어요. 나 집사님은 어떤 커피를 좋아해요?"

"전 커피는 다 좋아해요."

"나 집사님. 그래도 단맛, 산미, 신맛 중 하나만 선택한다면요?"

"전 강신 맛을 좋아해요."

"오케이. 저랑 취향이 같으시네요. 며칠 전에 예가체프를 구입했는데 잘됐네요."

김 집사는 한쪽 구석으로 가서 커피를 분쇄하고, 물을 데우더니 핸드드립 방식으로 커피를 내렸다. 주둥이가 에스자형으로 굽은 주전자로 물을 천천히 따르자, 커피 향이 퍼지기 시작했다.

커피를 내리는 동안 김 집사는 마치 붓글씨를 쓰듯이 커피에 물을 골고루 따르며 집중했다. 잠시 후 붉은 꽃무늬가 그려진 잔에 커피를 따라 가져왔다.

"오늘은 강신 맛을 좋아하는 나 집사님과 함께 커피를 마실 수 있어서 주님께 감사드려요."

김 집사는 커피를 마시기 전에 눈을 지그시 감고 나지막한 목소리로 기도했다.

"자, 마셔 봐요. 내가 이 사무실에 나오는 기쁨 중 하나가 커피를 마시는 이 순간입니다."

두 사람은 커피잔에 입술을 대고는 몇 모금 마셨다. 커피를 마시는 동안에는 누구도 말을 하지 않았다.

"예가체프는 혀를 찌르는 듯 날카로운 맛이 정말 최고예요. 이 맛이 저를 사로잡아요."

김 집사는 분명 커피 마니아였다.

"김 집사님은 커피 마니아 수준을 넘어 커피 감별사네요."

둘은 웃으면서 커피를 마셨다.

잡지사에 근무할 때 원두 추출 방식 커피가 우리나라에 소개되면서 원두커피에 대해 취재했던 기억이 났다. 그 취재 이후로 커피 마니아가 되었는데 오랜만에 정말 맛있는 커피를 마시는 것 같았다.

커피를 마시고 나니 김 집사에게 물어볼 일을 꺼내기가 어려웠다.

"김 집사님. 제가 이러다가 매일 출근하겠어요. 그래도 되나요?"

"그럼요. 얼마든지요. 나 집사님! 제가 부탁하고 싶었던 말이에요. 제발 매일 오세요."

"그렇게 말씀하시면 전 진짜로 알아들어요."

"할렐루야. 누구나 평화롭게 오고 가고 하는 곳이 바로 샬롬부동산이에요."

평화를 뜻하고, 만날 때와 헤어질 때 하는 인사말인 샬롬 shalom이라는 히브리어는 내가 평소 좋아하는 말이었다.

"집사님. 마방집에서 말씀하신 '영끌'하는 청년들이 실제로 그렇게 많아요?"

'영끌'이라는 말로 받은 충격이 아직도 생생했다. 무엇보다도 며칠 후에 집으로 돌아올 영광이를 만나 대화를 하려면 알아야 할 것 같았다.

"그날 보니 나 집사님은 그 말에 충격을 받은 것 같던데…."

"예. 집사님 솔직히 전 그날 '영끌'이라는 말을 처음 들었어요."

김 집사는 짐짓 놀라는 눈치였다.

"요즘 미디어에서 그렇게 많이 나오는 말인데, 그 말을 처음 들었다니 정말 놀랍네요. 나 집사님이 믿음이 좋기로 교회에서 소문이 날 만한 이유를 이제야 알겠네요."

"아휴, 집사님. 제가 숙맥이라 그래요."

"애들이 몇 명이나 돼요?"

"아들 둘에 딸 하나요."

"오호, 셋이네요. 얼마나 다복해요?"

나는 말을 돌리려고 김 집사에게 되물었다.

"김 집사님은요?"

김 집사는 잠시 머뭇거리다가 말했다.

"난 지은 죄가 많아 아직 아이가 없어요."

"아이가 없는 게 무슨 죄인가요?"

"나 집사님! 정말 몰랐어요? 난 아직까지 결혼을 못 했어요. 몇 년간 같은 교회에 다니면서도 내가 미혼인 것을 모르는 사람이 있었다는 게 신기하네요."

순간 나는 봐서는 안 될 비밀 상자를 열어 본 아이처럼 무안했다.

"죄송해요, 집사님."

"아니에요. 오히려 순수하고 깨끗한 나 집사님을 알게 되어 좋아요. 나 집사님이 영끌이라는 말을 모른다고 해도 놀랄 일이 아니었네요."

"…"

"나는 양띠인데 나 집사님은 나이가 어떻게 되나요?"

"어머. 저도 양띠인데요. 동갑이네요."

"오호, 그렇구나. 그럼 우린 친구네. 앞으로 친구처럼 지내요."

김 집사는 내게 손을 내밀었다. 나는 그녀의 손을 잡고 흔들면서 말했다.

"친구! 정말로 얼마 만에 들어본 말인지 모르겠다. 친구야, 고맙다."

나는 김 집사를 덥석 껴안았다. 순간 내 마음속에 뭉쳐 있던 응어리가 한순간에 녹아내리는 느낌이었다.

"앞으로 자주 사무실로 놀러 와라, 예주 친구야."

"나 친구 말대로 여기 매일 온다? 정말로?"

"부맹 친구는 매일 이곳으로 출근해서 나한테 좀 배워야겠다."

"부맹?"

"컴퓨터를 모르는 사람을 컴맹이라고 하잖아. 친구는 부동산을 모르니 부맹이다. 어쩔래?"

둘은 손을 맞부딪치면서 크게 웃었다.

"그래, 친구야. 고마워. 그런데 우리 둘이 약속 하나 하자."

"뭔데? 말해봐."

"우리 둘은 나이 50이 넘어서 만난 친구니깐, 우리 둘이 중요하잖아. 그러니깐 앞으로 우리 둘에 대해서만 이야기하고, 가족에 대해서는 묻지도 말고 따지지도 말기다."

김 집사는 잠시 생각을 하다가 말했다.

"그래, 좋아. 친구는 정말 나랑 잘 맞는다. 내가 하고 싶었던 말을 어떻게 그렇게 먼저 하니? 꼭 내 속에 들어왔다가 나온 사람 같다."

나는 김 집사와 새끼손가락을 걸고 약속을 했다. '친구'라는 말은 꽁꽁 쓴 가면을 한 방에 벗겨버리는 마법과도 같았다.

4시가 다 되어 갔다. 점심을 못 먹어서 그런지, 막혔던 속이 뚫려서 그런지 배가 고파왔다. 나는 집으로 돌아오면서 남편에게 전화를 했다.

"여보! 내용증명 누가 받았어?"

"아직. 미안해. 오늘은 좀 바빴어."

"바쁘셨다니 오히려 좋네요. 미안해 씨!"

나는 그렇게 남편과 전화를 하고는 바로 우체국으로 갔다. 우체국 직원이 전산으로 검색하고는 내용증명 수령 내역을 알려주었다.

"이영광 님. 관계가 이수남의 아들이라고 되어 있는데요."

"그걸 왜 아들에게 전달을 하나요? 이수남에게 해야지요?"

내가 따지듯이 묻자, 직원은 성인 가족에게는 신분증을 확인하고 전달해도 된다고 설명했다.

"이영광이 아드님 맞지요?"

"예. 수령 일자와 시간은요?"

"2020년 5월 30일 토요일 오전 10시로 되어 있네요. 첫 번째 방문은 5월 27일 수요일 10시인데 부재중이었고요."

"예. 감사합니다."

나는 여직원이 알려주는 내용을 메모하고는 우체국을 나왔다.

남편의 추론대로 영광이가 내용증명을 받았다는 것은 확인되었다. 그날은 영광이가 휴가 나온 다음 날이었고, 그 시간에 나는 점심 준비 차 신장시장에 갔었던 기억이 났다.

영광이가 그 내용증명을 받아 월세로 살고, 7월 29일까지 집을 비워줘야 한다는 내용을 보았음은 확인된 셈이다.

이제야 영광이가 휴가를 나와서 달라진 행동을 하는 수수께끼가 조금은 풀린 것 같았다. 궁금했던 의문이 풀리면 시원해야 하는데 오히려 마음이 더 불편했다.

나는 집으로 가면서 남편에게 다시 전화를 했다. 남편은 전화를 받지 않았다. 몇 번을 더 전화했지만, 전화를 받지 않았다. 나는 남편에게 문자를 보냈다.

우체국에 와서 확인해보니 내용증명을 영광이가 받은 것이 맞네.

바쁜데 더 확인할 필요는 없어요. 알고 나니 더 걱정되네.

남편은 저녁 늦게야 답장이 왔다.

알았어. 집에 가서 이야기해.

다음 날 아침 10시쯤 모르는 휴대폰 번호로 전화가 왔다.

아마도 집을 구하려고 알려줬던 부동산에서 걸려 온 전화일 거라고 생각하며 전화를 받았다.

"혹시 나예주 선생님 아니세요?"

"예, 맞는데요. 누구신지요?"

"아, 선배님! 저예요, 인숙이."

"전인숙!"

"예, 언니. 전인숙입니다."

"우와 얼마 만이야. 인숙아! 잘 지냈지?"

"나야 늘 그렇지요, 뭐."

"그런데 웬일이야? 내 전화번호는 또 어떻게 알았니?"

"내가 누굽니까? 기자 아닙니까. 그 유명했던 문화부 나 선배님 후배."

"뭔 소리야. 그런데 무슨 일이야? 전 기자님이?"

"사실은 제가 언니랑 다니던 잡지사는 5년 전에 그만두었고, 지금은 조그만 부동산신문사에 근무해요."

"그렇구나."

"제가 제3기 신도시 지역 가운데 집에서 가까운 교산 신도시를 담당하는데, 언니가 하남에 산다는 사실을 알게 되었어요."

"내가 하남에 사는지는 또 어떻게 알았어?"

"…"

결혼 후 잡지사를 그만두고는 아무하고도 연락을 하지 않고 살았는데, 전인숙이 어떻게 내가 하남에 살고 있다는 것과 내 전화번호를 알아냈는지 궁금했다.

"내가 하남에서 산다는 사실은 하나님만 겨우 안다고 생각했는데. 워낙 구석진 곳이라서."

"언니. 요즘 가장 뜨는 지역이 하남이잖아요. 언제 시간 좀 내주세요. 가능하면 빨리요."

"시간이야 낼 수 있지만, 나 만날 시간에 취재원 찾아다니는 게 낫지 않을까. 나한테는 빼먹을 만한 게 하나도 없을 텐데."

"언니는 언제 봐도 기자예요."

"내가 하남에 살고 있다는 사실과 내 연락처를 어떻게 알았는지 궁금한데…."

"그건 만나서 알려드릴게요. 취재원을 접촉할 때에는 상대방을 똥줄 빠지게 만드는 히든카드를 준비해야 한다고 언니가 가르쳐 줬죠?"

"알았어, 전 기자. 그럼 내일 보자. 점심이나 같이 먹을까?"

"예, 언니. 시간, 장소만 알려주세요. 바로 달려갈게요."

오랜만에 전화를 한 전인숙을 무척 보고 싶었다. 게다가 그녀가 내가 하남에 살고 있다는 사실과 내 전화번호를 어떻게 알았는지도 궁금했다. 그녀와 마방집에서 점심을 먹기로 했다.

마방집은 점심시간에 사람이 많아서 편하게 이야기할 만한 분위기가 아니었다. 식사를 마치고 전인숙을 데리고 샬롬부동산으로 갔다. 오후 시간에는 김은혜가 사무실을 비우기 때문에 둘이서 편하게 커피를 마시며 이런저런 이야기를 나누고 싶었다.

샬롬부동산은 언제 와도 포근했다.

사무실 이곳저곳을 둘러본 전인숙도 사무실이 마음에 드는 눈치였다.

"부동산저널 기자님이 하남에 오셨으니 제대로 대접을 해야 할 텐데…."

"언니. 오늘 점심 먹은 마방집도 교산 신도시 지역에 포함되어 곧 철거될 거예요. 자주 와서 식사하려고 마음먹었는데, 언니가 오늘 이곳으로 장소를 정해줘서 고마웠어요."

"너도 마방집을 잘 아는구나?"

"예. 마방집은 하남뿐만 아니라 서울에서도 유명한 오래

된 집이잖아요."

"그렇구나. 마방집도 교산 신도시에 포함된다?"

"예. 아쉬워요. 이런 전통 있는 집은 보존을 해야 하는데 신도시개발이라는 게 예외를 두기 시작하면 사업 자체가 추진이 어렵거든요."

"참, 이제는 내가 하남에 살고 있다는 사실과 내 휴대폰 번호를 어떻게 알았는지 알려줘야지?"

"그럼요. 말씀드려야죠. 취재원을 속이는 일은 기자가 아니라, 사기꾼이라고 언니가 나한테 말했잖아요. 그런 기자는 최하위급 기자라고요."

"뜸 들이지 말고, 어서 말해봐."

"제가 교산 신도시에 대하여 취재를 하고 있는데, 이곳에 매장된 문화재 발굴 문제가 가장 걸림돌이거든요. 이 지역 사람들은 문화재에 대하여 아는 사람이 거의 없어요."

"아무래도 이곳 사람들은 서울로 출퇴근하는 사람들이 많고, 또 먹고 살기가 바빠서 그럴 거야."

"제가 나룰도서관에서 발행한 책자에서 '광주향교'에 대한 글이 너무 좋아서 읽었는데요. 그 글을 쓴 사람이 언니 이름과 같잖아요. 그래서 나룰도서관에 확인했더니 바로 언니였어요. 그래서 신분을 밝히고 연락처를 알아낸 거죠."

"아, 그랬었구나. 몇 년 전에 광주향교에 관하여 딱 한 번 쓴 글이었는데 용케도 찾았네."

"그럼요. 제가 언니한테 배운 건 기자로서 집요함 하나였죠."

"내가 그랬나?"

"제가 신입사원 시절 한번 물면 이빨이 다 빠져도 절대 포기하지 말아야 기자라고 언니가 말했잖아요."

"내가 그랬니?"

"그럼요. 언니는 그 말을 실천하셨잖아요."

"난 아무 기억도 없다. 그런데 인숙이 넌 왜 그 잡지사를 그만두었니? 지금쯤 차장이나 부장은 되었을 텐데."

"그럼 언니는 왜 기자를 그만두었어요? 계속 있었으면 편집부장이나 논설위원이 되셨을 언닌데요."

"난 아이를 셋이나 키웠잖아."

"아, 큰아이가 영광이죠? 지금쯤 많이 컸겠네요."

"어떻게 영광이 이름까지 기억해?"

"언니가 영광이 낳고 직장 그만둔 것이 글로리라고 말해서 기억해요."

"그랬나? 전 기자는 왜 그만두었어?"

"저도 언니가 그만두고, 3년 만에 딸 쌍둥이를 낳았어요.

애가 잘 안 들어서서 인공수정을 했더니 딸 쌍둥이였죠. 애를 한꺼번에 둘씩이나 낳고 기자로 근무할 수 없잖아요."

"하긴 애 둘을 키우면서 매일 현장을 쫓아다니기는 쉽지 않았겠다."

"그래서 잡지사는 그만두고, 애들 키우고 이 회사에 다니고 있어요."

"여성이 직장생활을 하는 데 있어 출산과 육아는 걸림돌이지."

"그러게요. 여자는 애를 낳으면 직장 다니기가 너무 힘드니 애를 낳지 않으려고들 하지요. 그러면서 저출산이 큰 문제라고 하는 것은 앞뒤가 맞지 않아요."

"그러게 말이다. 애를 낳는 여자한테 일과 육아를 함께할 수 있는 인센티브를 주면, 저출산 문제는 저절로 해결될 텐데. 저출산 대책으로 수백조 원의 예산을 써도 효과는 없잖아."

"언니. 요즘 입사하는 후배들은요. 면접 볼 때 묻지도 않았는데, 자기는 결혼할 생각도 없고, 결혼해도 애를 낳지 않고, 자기 일에 전념하겠다고 스스로 말하는 지원자도 있대요."

"어머, 그래? 그렇게 말하는 것이 면접에서 유리한가?"

"아무래도 면접관에게 나쁜 인상은 주지 않겠지요?"

"그만큼 취업난이 심각하다는 반증 아닐까? 요즘은 결혼식을 하고도 주택 문제로 혼인신고를 미루는 경우도 있다면서?"

"언니, 말도 마세요. 요즘 젊은 세대는 집을 살 때 대출을 더 받기 위해서 또는 집을 팔 때 양도세를 덜 내기 위해서 결혼하고도 혼인신고를 미루는 위장 미혼이 많아요. 정부가 하는 정책이 혼인신고를 하면 불리하게 되니까 자연스럽게 그런 풍조가 생기는 거죠."

"그런 말이 사실이구나."

"요즘은 결혼한 부부가 혼인신고를 하는 시점은 부동산 사고팔기에 가장 유리한 시점이라는 말이 있어요. 그러니 저출산이 더 심각하죠."

"혼인신고를 하지 않으면 이혼율이 더 높아지는 건가?"

"아무래도 혼인신고를 하지 않은 상태에서 부부 갈등이 생기면 더 쉽게 갈라설 수는 있겠죠. 정확한 통계는 제가 확인해보지는 못했지만요."

"국가 정책은 정말 신중하게 추진해야 하는데…."

"그러게요."

"그래도 네가 재취업을 한 건 정말 잘한 일이야. 난 그만둔 이후 지금까지 부엌만 지키고 있다."

"그래도 언니는 2남 1녀를 잘 키웠잖아요. 영광이가 보고 싶다. 돌잔치 때 아주 귀여웠는데…."

"얼마 전에 군대 제대했어. 그런데 말도 잘 안 듣고 그래."

"벌써 그렇게 컸구나."

"전 기자는 아직도 잠실에 살고 있지?"

나는 영광이 이야기를 더 하고 싶지 않아서 말을 돌렸다.

"예, 언니. 잠실주공5단지에 아직도 살고 있어요."

"잘했다. 지금 가장 주목받는 아파트 중 하나잖아."

"그렇기는 하죠. 남편이 다른 것은 다 마음에 안 드는데, 그 집을 끝까지 지킨 고집은 인정해요. 그 고집 때문에 아직 살고 있어요."

"그래. 남자의 고집이 가끔은 멋진 것 같아."

"제가 녹물 나오는 집에서 새 아파트로 이사 가자고 그렇게 졸랐는데도, 남편이 끝까지 고집을 피웠죠. 지금은 정말 고맙죠."

"언니는 둔촌주공아파트에 산 것까지는 알았는데, 언제 하남으로 이사 왔어요?"

"딱 10년 됐네. 남편이랑 나는 시골 출신이라서 이런 곳이 좋아서 그냥 왔어."

나는 하남으로 이사 온 이야기를 하고 싶지 않아서 얼른
둘러댔다.

"우리 둘 옛날이야기만 하지 말고 전 기자가 나를 만나러
온 일을 말해봐."

"뭐 별거 없어요. 교산 신도시 개발에 가장 큰 걸림돌이
매장 문화재 발굴 문제인데 매장된 문화재야 파봐야 아는
거고. 주민들의 신도시 개발과 문화재 보호에 관한 여론을
있는 그대로 정리하면 돼요."

"그렇구나. 그런 일이면 내가 도움이 될 것 같지는 않다."

"괜찮아요. 언니 만나는 게 먼저고, 일은 두 번째니까요."

서로 이야기를 하고 있는데, 김은혜가 들어왔다.

"안녕하세요. 내 친구 예주 후배시라고요?"

"안녕하세요, 사장님."

두 사람은 서로 명함을 주고받았다.

"아, 부동산저널 기자분이시구나. 저도 이 신문을 구독하
고 있어요."

김은혜는 사무실 한쪽에 수북하게 쌓여 있는 신문 더미를
가리켰다.

"아, 독자시군요. 감사합니다."

"전인숙 기자님이 쓴 나룰도서관에 관한 기사를 본 것 같

아요. 맞지요?"

"예. 영광입니다, 사장님. 제가 올 초에 특집기사로 나룰
도서관에 관해서 글을 쓴 적은 있었죠. '나룰'이라는 말이 익
숙하지 않아서 정리해보았습니다."

"나룰이라는 말이 우리말인 줄은 아는데 무슨 뜻인가요?"

"나룰은 '나리와 울'의 준말인데요. 나리는 들판의 옛말이
고요, 울은 마을이라는 순우리말로 들녘에 둘러싸인 마을이
라는 뜻이지요."

"오, 그렇군요. 난 이 동네에 살면서도 나룰이라는 말뜻을
오늘에서야 알게 되었네요."

"과찬이십니다, 사장님."

"친구야. 이렇게 훌륭한 후배가 오신다고 했으면, 내가 미
리 와서 인사를 드렸어야 했는데…."

김은혜는 원망스런 말투로 말했다.

"아이구, 김 사장님. 예주 언니가 제 멘토였어요. 한때는
언니가 우리나라 문화부 기자 중 가장 잘 나가는 분이었어
요. 전 언니 근처에도 못 갔어요."

"전 기자, 과장이 너무 심하다. 진짜로 알아듣겠다."

그 말을 들은 김은혜는 나와 전인숙을 번갈아 쳐다보면서
놀라는 눈치였다.

"친구도 기자 했어? 왜 그런 말을 한 번도 안 했어, 이 친구야."

김은혜는 나를 위아래로 쳐다보면서 믿어지지 않는다는 표정을 지었다.

"사장님. 제가 오늘 이곳에 온 것도 예주 언니가 나룰도서관 잡지에 기고한 '광주향교'에 관한 기사를 보고 찾아온 겁니다."

나는 전인숙을 쏘아붙이듯이 말했다.

"전 기자! 기자답지 못하게 왜 엉뚱한 말을 계속해. 기자는 팩트로 먹고사는 직업이라는 거 몰라. 팩트를 벗어나면 순간은 자유롭지만, 결국 독화살이 되어 되돌아온다고 했잖아!"

"팩트네, 팩트야! 예주, 이 친구는요. 남 칭찬은 풍성하게 잘하고, 자기 자랑은 아주 인색한 친구입니다. 그게 매력이죠."

그 말에 모두 한바탕 웃었다.

"김 사장님. 오늘 뵙게 되어 너무 반가웠고요. 다음에 꼭 찾아뵙겠습니다."

"언제든 오세요. 대환영입니다. 우리 하남을 좀 잘 써 주세요, 전 기자님."

"언니, 저 먼저 가봐야 할 것 같아요. 좀 늦으면 차가 막혀서요. 자주 연락드릴게요."

전인숙이 먼저 자리를 떠나자, 김은혜가 나를 물끄러미 쳐다보다가 조용히 말했다.

"친구도 예전에는 대단했구나. 어디 기자였어?"

"친구야. 나랑 친구 하기로 할 때 했던 약속 기억해?"

나는 김은혜를 몰아붙이듯 말했다.

"아, 서로 과거는 묻지도 따지지도 말자!"

"그래, 친구야. 내가 기자 일은 좀 했지만 다 지난 일이고, 지금 나와는 아무 상관도 없었던 일 같다."

"그런 깊은 뜻이 있었구나. 알았어, 친구야."

"친구는 정말 나룰이라는 말을 몰랐어?"

"알기야 했지만, 내가 모르는 다른 뜻이 있는가 해서."

"역시 친구는 고수야. 고수!"

"친구야. 사람은 누구나 자신을 알아주고 말할 기회를 주면 다 좋아하잖아. 요즘은 어설픈 칭찬보다는 경청과 공감이 고래도 춤추게 만든다고 하더라."

"그렇구나. 대단하다. 대단해."

전인숙을 만나 한때 기자였다는 사실을 떠올리자, 내 처지가 더 처량하게 느껴졌다.

용서하는 자, 용서받는 자

용서는 사람이 가장 하기 어려운 선택 중 하나다.
자신의 허물을 다 드러내야만
용서할 수 있고, 용서받을 수 있기 때문이다.
용기 있는 사람만이 받을 수 있는 최고의 선물이 바로 용서다.

2020년 7월 15일 수요일

오늘이 바로 한 달 동안 인테리어 일을 하러 집을 떠났던 영광이가 집으로 돌아오는 날이다.

건강하고 한층 성숙한 모습으로 돌아오길 새벽부터 일어나 기도했다.

말년휴가를 나온 영광이가 예전 모습과 많이 달라져서 걱정과 기대가 교차했다. 둘째 아들 영수가 오늘 오전 11시쯤에 영광이가 집에 도착할 예정이라고 알려주었다. 영광이는 동생인 영수, 영서와는 자주 연락하는 것 같았다.

"영수야! 오늘 오전에 형이 집에 오는 거 확실하지?"

"예, 엄마. 틀림없어요."

영수와 영서는 아침부터 뭔가 만드느라 분주했다. 아침 식사를 마치자마자 방에 들어가 뭔가를 만드는 것 같았다.

잠시 후 영수와 영서는 풍선을 주렁주렁 단 끈을 거실 벽에 걸었다. 그 위의 또 다른 끈에는 'WELCOME TO HOME'이라는 글자가 새겨진 풍선을 걸었다. 순식간에 집 안이 파티장 분위기가 되었다. 영서는 식탁에 큰 케이크 하나를 올려놓았다.

동생인 영수와 영서가 영광이의 귀가 축하 준비를 한 것이다.

오전 11시쯤 되자 영광이가 말년휴가 때 메고 왔던 둥근 가방을 메고 들어왔다. 영광이가 현관문을 열자마자 영수와 영서가 폭죽을 터트렸다. 조용하던 집이 한순간에 시끌벅적한 파티장이 되었다.

"이영광 병장님! 만기제대를 축하드립니다!"

영수가 큰 소리로 외치고는 영광이를 향해 거수경례를 했다. 잠시 후 영서가 작은 꽃다발을 하나 건넸다.

"큰오빠. 제대를 축하해."

순간 나는 영광이가 집을 나가 있는 동안 제대를 했다는 사실을 알았다. 나로선 까마득하게 잊고 있었던 일이었다.

영광이는 영수와 영서의 축하를 받고, 집 안으로 들어와 바로 할아버지 방으로 들어갔다.

"할아버지, 절 받으세요!"

"오냐. 영광이가 왔구나. 고생 많았다."

시아버지는 절을 하고 일어서는 영광이의 손을 꼭 잡았다.

"영광이가 대견스럽다. 대견해."

"할아버지, 무릎은 좀 어떠세요?"

"이젠 많이 좋아졌다. 이젠 슬슬 걸어 다닐 수도 있단다. 젊어서 고생은 사서도 한다는데 영광이를 보니 힘이 난다."

잠시 후 영수와 영서가 할아버지를 부축해서 밖으로 모시고 나왔다.

"방 안에서 들으니 영광이가 제대를 했다고? 정말 고생했다, 영광아!"

탁자에 놓인 케이크에는 '2020. 7. 7. 만기제대. 병장 이영광'이라는 글자가 새겨져 있었다. 나는 그제야 7월 7일이 영광이의 만기제대일이라는 사실을 알았다.

"엄마는 영광이가 언제 제대하는지도 몰랐구나. 영수와 영서가 챙겨주니, 고맙다."

그날 저녁 식사를 마치고, 시아버지가 영광이를 불렀다.

"영광아. 오늘은 이 할애비가 영광이랑 같이 잠을 자고 싶구나."

"예, 할아버지."

그렇게 영광이가 집으로 돌아온 날 밤은 할아버지와 함께 잠을 잤다.

작은방에서는 밤늦도록 나지막한 목소리로 대화하는 영광이와 시아버지의 목소리가 흘러나왔다. 그리고 그날 밤은 시아버지의 잔기침하는 소리와 가래를 내뱉는 소리가 유난히 크게 들렸다.

영광이가 집에 돌아오고 3일째 되는 날 아침에 시아버지가 나와 남편을 불렀다.

"아무리 생각해봐도 이젠 내가 이곳을 떠나야 할 것 같구나."

"예? 아버지, 불편하신 점이 있으시면 말씀해주세요. 저희가 더 잘 모실게요."

남편은 깜짝 놀라 나를 쳐다보면서 말했다.

"불편한 점은 없다. 어미가 어찌나 잘해주는지 난 편하게 잘 있었다. 내가 하남에 온 지도 두 달이 훌쩍 넘었다. 좀 답답해서 그런다."

시아버지가 집을 떠난다는 말에 나는 그만 죄인이 된 것 같았다.

"아버님. 행여 불편하신 점이 있으셨으면 제게 알려주세요. 제가 부족한 점이 많아요."

"아니다. 정말이다. 무릎도 많이 나았고, 공기 좋은 곳으로 가야 할 것 같다. 알다시피 내가 기관지가 약해서 기침이 시작되면 산속으로 들어가야 한다."

그 말에 남편은 더는 만류하기를 포기한 듯했다.

"아버지. 그럼 홍천 집으로 가실 건가요?"

시아버지는 잠시 생각하더니 조용히 말했다.

"아니다. 공기 좋은 요양원으로 가야겠다."

"예? 요양원으로요?"

나와 남편은 시아버지가 하남을 떠난다는 말보다도 요양원으로 간다는 말에 더 놀랐다.

시아버지는 내 손을 잡고 말했다.

"내가 요양원으로 간다고 하니 어미가 내심 불편해할 것 같은데 절대 그럴 일이 아니다. 그래서 내가 큰아들 집하고, 딸네 집에서 이삼일씩 머물면서 직접 이야기할 테니 걱정하지 말 거라."

"아버님. 제가 더 잘 모시지 못해서 죄송해요."

"아니다. 영광이 할머니 살아 있을 때 우리 둘 소원이 무엇이었는지 아니?"

"글쎄요."

"나중에 자식들 다 출가시켜 서울에서 자리 잡고 살면, 큰아들네 집에서 이틀, 작은아들네 집에서 이틀, 딸네 집에서 이틀, 이렇게 돌아가면서 자보는 것이었다."

"아, 예."

"그런데 집사람은 먼저 세상을 떠났고, 나라도 꼭 한번은 그렇게 해보고 싶었다."

시아버지는 그 말씀을 하고는 잠시 생각에 잠겼다.

"큰애하고, 딸에게는 내가 직접 전화하마."

이렇게 시아버지는 요양원에 가는 것으로 결정되었다.

다음 날 시아버지는 큰아들 집으로 가셨다. 다행히 시아버지는 무릎 부상에서 회복되어 혼자 걷는 데는 큰 어려움이 없었다. 시아버지는 큰아들 집에서 2박 3일을 머물고, 바로 딸 집으로 가서 그곳에서 2박 3일을 더 머물렀다.

그러고는 하남으로 되돌아오셔서 하룻밤을 더 주무셨다. 아마도 내가 곤란할 수 있다는 생각에 나를 배려해서 그렇게 한 것 같았다.

2020년 7월 24일 금요일

시아버지가 요양원으로 떠나는 날이다.

시아버지가 요양원을 가시리라고는 누구도 예상하지 못한 일이었다. 무릎만 어느 정도 나으면, 당연히 홍천 집으로 되돌아갈 것으로 생각했다.

10시가 되자 아이들 고모가 차를 몰고 하남으로 왔다. 마침 이날이 아이들 고모가 근무하는 학교 개교기념일이었다.

나는 며칠 전부터 시아버지의 짐과 요양원에서 필요한 물품을 구입해서 가방에 넣어 드렸다. 트렁크에 짐을 싣고, 시아버지가 조수석에 타셨다. 오랜만에 시아버지를 모시고 차를 타서 그런지 꼭 소풍 가는 기분이었다. 하지만 요양원에 간다고 생각하니 금세 마음이 무거워졌다.

시아버지는 10년 전 상처를 한 후에도 혼자 사셨다. 나는 시아버지가 요양원에 간다고 말했던 날을 생생하게 기억하고 있다. 영광이가 집에 돌아온 날 밤에 영광이하고 밤새도록 이야기하면서 결심하신 것 같았다. 그런데 그 이유를 시아버지와 영광이 누구에게도 물어볼 수 없어서 답답했다.

요양원은 북한강과 홍천강이 합류하는 설악면에 있었다.

시아버지는 새로 난 고속도로보다는 옛길로 천천히 가자고 말씀하셨다. 고모는 팔당대교를 건너 국도를 타고 천천히 갔다. 오전이라 하행 길은 한산했지만, 우리는 서두르지 않고 천천히 갔다.

시아버지는 연신 차창으로 한강과 산을 바라보셨다. 뒷좌석에서 본 시아버지는 옛일을 회상하는 듯했다.

양수리, 세미원을 지나 북한강변 국도로 접어들자, 좌측에는 북한강이 이어지고 우측에는 산이 둘러싸여 있어 그야말로 경치가 기가 막혔다.

11시가 조금 넘어 요양원에 도착했다. 잘 정비된 출입로와 붉은색 벽돌로 지은 요양원은 마치 산속에 있는 별장 같았다.

사무실에서 열 체크를 하고, 시아버지는 코로나 검사를 받았다. 오늘은 별채에 마련된 1인실 방에서 머물고, 코로나 검사 결과 음성으로 확인되면 정식으로 입실하게 된다고 안내했다. 가족들은 내부에는 입실할 수 없다며 접견실에서 작별인사를 하게 했다.

나는 시아버지에게 드릴 선물을 고민하다가, 활자가 크고 주석이 잘되어 있는 성경책을 하나 준비했다.

"아버님! 혹시 시간이 있으시면 성경을 읽으세요. 아버님이 읽기 편하게 한자 겸용이고 주석이 잘되어 있는 성경책이에요. 구약은 역사서이니 읽어보시면 좋을 듯해서요."

시아버지는 내가 내미는 성경책을 받았다.

"그래, 고맙다. 늘 나를 위해 밤낮으로 기도해주던 네 마음을 잘 안다. 고맙다."

인사를 하고 요양원 안으로 들어가는 시아버지의 뒷모습을 보자 마음이 편하지 않았다. 고모는 눈물을 흘렸다. 밖으로 나가려는데 시아버지의 이름을 부르며 보호자 한 사람만 내부 사무실로 오라는 안내 방송이 나왔다.

잠시 후 직원 한 사람이 나오자, 고모가 나를 힐끗 쳐다보았다. 내가 안으로 들어갔으면 하는 눈치였다. 나는 직원과 함께 건물 안에 있는 사무실로 들어갔다.

잘 정돈된 사무실 입구에는 아크릴 보호막이 설치된 민원 창구가 있었다.

"신분증 주시고요. 입실자와는 어떤 관계인가요?"

"며느리입니다."

"혹시 혼자 오셨나요?"

"아뇨. 피요양자 딸도 함께 왔어요."

그러자 직원은 규정을 살펴보더니, 딸이 보호자가 되어야 한다고 했다. 나는 다시 접견실로 되돌아갔고, 고모가 대신 사무실 안으로 들어갔다.

입실 절차를 모두 마친 후 둘은 서울로 향했다.

"언니. 그동안 고생 많이 하셨어요."

"제가 더 잘 모셨어야 했는데, 요양원으로 모셔야 하니 제

맘이 편치 않네요."

"아니에요, 언니. 아버지께서 저희 집에 오셔서도 어찌나 언니 칭찬을 하시던지…. 누구도 언니처럼 그렇게 못 해요."

"과찬이세요."

"전 친딸인데도 아버지를 모시지 못하고…."

고모는 말을 다 끝맺지 못하고 눈물을 글썽였다.

"언니. 오랜만에 제가 근사한 점심 대접할게요."

"…"

차는 양수리 부근의 한 식당으로 들어갔다.

둘은 친구처럼 다정하게 식사를 하고, 커피도 마셨다.

"언니. 영광이가 제대했는데, 제가 식사도 한번 못 사줘서 미안하네요. 영광이는 다시 대학 입시 준비하겠네요?"

"…"

나는 뭐라 대답해야 할지 몰라 머뭇거렸다.

"유라가 올해 고3이네요. 공부 잘하죠?"

"열심히 한다고는 하는데 원하는 대학에는 조금 못 미치는 것 같아서 걱정이에요."

"좋은 대학을 목표로 하나 봐요?"

"서울에 있는 의대나 약대를 가려고 하니까요."

"예."

나는 더 이상은 묻지 않았다.

"영광이는 참 똑똑한 조카라서 잘해낼 거예요. 엄마가 아픈 바람에 하남으로 이사할 때가 중학교 1학년이었죠? 영광이가 많이 힘들었을 거예요. 제가 중학교 1학년 담임을 맡아보니, 초등학교 친구들이 없는 중학교로 전학 온 학생은 어지간해서는 새로운 환경에 적응하지 못하더라고요."

"그렇군요. 전 그 당시에는 영광이에게 신경 쓸 겨를조차 없었어요."

"그래서 영광이가 대단한 거죠. 하남으로 이사 온 후에도 친구들과 잘 어울리고, 회장 선거에도 나간 것은 아주 드문 경우죠."

"애들에게 미안하고, 고맙지요."

"언니. 영광이가 고3 때 왜 방황하게 됐는지 알죠?"

"아니요? 고모는 그 이유를 알아요?"

"유라한테 들었는데요. 수진이 학원 친구 때문에 영광이가 힘들어했고, 결국 방황하게 되었다고 하던데요."

"그래요? 수진이 친구 이야기는 처음 들어요."

"제가 괜한 말을 잘못 꺼냈나 보네요."

"다 지난 일인데요, 뭐."

"언니 그럼 큰집에는 절대 비밀로 하셔야 해요. 잘못하면 집안싸움이 날까 봐요."

"다 지나간 일인데요. 걱정 마세요."

"영광이 고3 때 같은 반 여학생이 잠실에 있는 학원을 다 녔대요. 그 학생이랑 수진이랑 친한 사이였고요."

"아, 그래요?"

"우연히 그 친구가 공부를 지독하게 하는 같은 반 남학생 얘기를 했는데, 알고 보니 그 남학생이 바로 영광이었대요."

"그게 뭐가 문제죠?"

"수진이가 그 학원 친구한테 영광이 집이 둔촌주공아파 트에 살다가 엄마가 사기를 크게 당하는 바람에 하남으로 도망 이사를 온 것이라고 말했나 봐요."

"수진이가 그렇게 말을 했대요?"

"예."

"그래요?"

"그 여학생이 영광이에게 그 이야기를 해서 서로 다툰 적 이 있었고요. 그 이후 영광이가 방황을 하면서 성적이 떨어 지기 시작했다고 하더라고요."

"수진이가 왜 그런 말을 친구한테 했을까요?"

"그러게요. 큰오빠하고 언니가 어떻게 했기에 수진이가 그런 이야기를 해가지고…."

"아무리 그런 말을 들었다고 해도, 자기 공부를 포기한 영광이가 못난 거죠."

오늘에서야 영광이가 고3 때 친구들과 컴퓨터게임에만 몰두했던 이유를 조금은 알 것 같았다.

"언니. 이 말은 정말로 비밀로 하셔야 해요. 큰오빠나 언니가 알게 되면 난리가 나요."

"걱정 마세요. 다 지난 일이고, 결국은 영광이 잘못이지요. 남 탓을 하면 끝이 없잖아요."

"언니는 정말로 마음이 태평양 같아요. 언니를 보면 저도 교회에 열심히 다녀야겠다고 마음을 먹게 돼요."

"고모. 저도 한 가지 궁금한 게 있어요."

"뭔데요, 언니? 뭐든 물어보세요"

"아버님이 영광이나 우리 집에 대하여 무슨 걱정하시는 말씀을 하지 않으셨나요? 솔직하게 말씀 좀 해줘요."

"뭐 특별한 말씀은 안 하셨고요. 아, 예전에 살던 둔촌주공아파트에 대하여 물어보셨어요."

"둔촌주공아파트에 대해서요?"

"예. 그러면서 꼭 한번 가보고 싶다고 하셨어요. 그래서 지금은 재건축하려고 다 철거되었다고 말씀드렸는데도 꼭 가보고 싶다고 하시는 거예요."

"그랬어요?"

"제가 출근하면서 아버지를 부근까지 모셔다드린 적이 있어요."

"그러셨군요. 왜 그러셨을까요?"

"아마도 엄마가 아팠을 때를 생각하고 꼭 가보고 싶었나 봐요."

"아, 그러셨겠네요. 혹시 영광이에 대하여 아버님께서 무슨 말씀 안 하시던가요?"

"특별한 말씀은 안 하셨고요. 영광이가 제대했는데 아주 의젓해졌다고 말씀하셨어요."

나는 시아버지가 영광이와 함께 잠을 자던 날 나누었던 이야기를 듣고 싶었다. 딸인 고모한테는 이야기했을 거라고 생각했는데 고모도 잘 모르는 것 같았다.

오랜만에 시누이와 이런저런 이야기를 나누고 집에 돌아오니 영광이 혼자 자기 방에서 책을 보고 있었다.

영광이와 단둘이 이야기할 가장 좋은 시간이라고 생각했다.

"영광아! 할아버지 요양원에 잘 모셔다드리고 왔어."

"할아버지가 가신 요양원은 어땠어요?"

"응. 산속에 있어서 공기도 맑고, 북한강도 보이는 아주 좋은 곳이더라. 신축한 곳이라 더 좋은 것 같고."

"공기가 좋은 곳이라니 다행이네요."

"홍천과도 가깝고, 청평호가 바로 보이는 곳이야."

"홍천과도 가까운 곳이라니 좋네요."

"영광아! 엄마랑 이야기 좀 하자."

영광이도 기다렸다는 듯이 읽던 책을 덮고, 방바닥에 앉았다.

"예, 엄마. 무슨 이야기를 하시려고 그러세요?"

"네가 없는 사이에 이런저런 생각을 하다가 너 어릴 적 사진을 정리했단다. 그 사진을 보니 옛 추억이 그대로 묻어 있더라고. 그동안 왜 그렇게 바쁘게 살아왔는지 반성했다."

나는 심리상담사가 말한 대로 미리 준비해둔 영광이 어릴 적 사진을 꺼냈다.

"영광아. 이 사진이 엄마와 아빠 결혼식 사진이야. 이 사진은 네가 태어났을 때 사진이고, 이건 백일 때, 그리고 이건 돌 때 사진이고…."

내가 보여주는 사진을 영광이는 관심 있게 자세히 쳐다보았다.

"엄마와 아빠 결혼식 사진은 처음 보는 것 같네요. 아빠는 지금과 비슷한데, 엄마는 처녀 시절 정말 미인이셨네요."

영광이는 결혼식 사진을 오랫동안 바라보더니 말했다.

"그래? 고맙다."

"결혼 당시 엄마는 어떤 일을 하셨어요?"

"응. 잡지사 기자로 일했어. 당시 국내 5대 잡지사 중 하나였지."

영광이는 내가 잡지사 기자로 일했다는 말에 약간 놀라는 눈치였다. 하긴 내가 아이들에게 기자로 일했다는 것을 한 번도 말한 적이 없었기에 놀라는 것도 무리는 아니었다.

"엄마, 내가 돌 때 살던 집은 어땠어요?"

"응. 단독주택 1층이었어. 넌 기억에 없을 거야. 그 집에서 네가 돌 지나고 이사했으니."

"그 집에서 살다가 어디로 이사했어요?"

나는 사진을 뒤적거리다 사진 한 장을 찾아냈다.

"이 집이다. 부근의 단독주택인데 전세로 이 집으로 이사했지."

"그럼, 제가 돌 때 살던 집은 월세였어요?"

"응, 그랬어. 방은 2칸이었는데 월세여서 대출을 받아 전세로 옮겼지."

"아, 그랬군요."

"이 집은 우리가 처음으로 이사한 아파트였어. 이 집에서 영광이는 어린 시절을 보냈고, 영수와 영서는 태어났지."

영광이는 내가 보여주는 사진을 유심히 쳐다보았다.

"엄마. 이 아파트는 기억나요. 같은 층에 호광이라는 친구도 있었고, 누나 한 명도 있었는데."

"아, 영희! 너보다 두 살 정도 많았지, 아마."

"아, 맞다, 영희 누나. 내가 많이 괴롭힌 것 같은데…."

"그래도 영희가 너랑 잘 놀았어."

"맞아요. 영희 누나가 참 착했어요. 소꿉놀이할 때 영희 누나 남편 노릇은 나만 한다고 호광이가 울면서 집으로 가곤 했어요."

"그랬구나."

"난 그땐 영희 누나하고 진짜로 결혼하고 싶었어요."

"정말?"

나는 뜻밖의 말에 크게 웃었다.

"너 참 멋지다. 그때가 여섯 살쯤 되었을 텐데, 그런 생각까지 했다니…."

영광이는 내 말에 수줍어했다.

"엄마. 그런데 그 아파트는 어떻게 들어간 거예요?"

"아빠랑 대학 시절 연애할 때 자취를 했는데, 아빠가 내가 단독 세대주라고 하며 청약저축을 가입하라고 권해서 청약저축을 들어 놓았지. 그 청약통장으로 임대아파트 분양 신청을 해서 당첨된 거였어."

"아, 그랬었군요."

영광이는 내 말을 이해하면서도, 결혼 전에 아빠가 엄마에게 청약저축을 가입하라는 조언을 했다는 사실이 다소 뜻밖이라는 눈치였다.

"나는 전혀 몰랐었는데, 아빠는 알고 있었더라고."

영광이는 어린 시절 사진들을 한 장씩 천천히 보았다. 그러면서 그 시절을 회상하며 행복해하는 것 같았다.

"엄마! 제가 초등학교는 둔촌주공아파트 안에 있던 학교를 졸업했잖아요?"

"응, 그랬지."

"언제 그 아파트로 이사를 간 거였어요?"

심리상담사의 조언대로 영광이와 사진을 보면서 하는 대화는 점점 깊어져 갔다.

"네가 일곱 살 때 이사했고, 다음 해에 초등학교에 입학을 했지."

"여기가 제가 졸업한 초등학교고요. 여기는 내가 제일 좋아하던 놀이터. 이곳은 공터인데 여기서 친구들하고 많이 놀았었죠. 여기는 숲인데 매미도 잡고 너무 좋았어요…."

영광이는 둔촌주공아파트에서 찍은 사진을 한 장씩 보면서 어린 시절 추억을 떠올리며 즐거워했다.

"아, 할머니도 우리 집에 같이 사셨던 기억이 나요. 2단지 5층이었죠?"

"맞아. 그걸 다 기억하는구나?"

"제가 어떻게 잊을 수 있겠어요. 평생 잊지 못할 거예요."

나는 영광이의 말을 듣고, 미안한 마음에 아무 말도 할 수가 없었다.

"엄마와 아빠 시절에는 월세로 시작해도 자기 집 마련까지 할 수 있었네요. 그런데 우리는 그게 어려워요. 어렵다기보다는 불가능해요."

"열심히 하면 되겠지."

"가능성이 단 1%라도 있어야 열심히 해보죠."

"…"

"둔촌주공아파트에서 하남으로 이사한 거죠?"

"그래. 그랬었지."

갑자기 대화 분위기가 가라앉기 시작했다.

"제가 중학교 갈 때쯤 하남 덕풍동으로 이사 왔고, 중고등학교를 이곳에서 다니게 된 거네요."

"그렇단다."

지금까지 활발하게 진행되던 대화가 더 이상 진전되지 않아 다소 어색해졌다. 영광이는 하남으로 이사하게 된 이유에 대하여는 묻지 않았다. 둔촌주공아파트에서 하남으로 이사한 이유를 설명하지 않고는 대화가 진전될 것 같지 않았다.

한 달 전보다는 많은 대화를 나누게 되었지만, 나와 영광이 사이에는 여전히 보이지 않는 벽이 그대로 놓여 있었다.

사진을 보면서 영광이와 나눈 대화는 과거의 즐거웠던 추억은 공유했지만, 어두웠던 시절에 대하여는 서로 속내를 드러내지 못했다.

혼자 전출하여 단독 세대주가 된 이유를 물어보려고 했지만 그럴 분위기가 아니었다. 나는 교회 이야기로 화제를 바꾸었다.

"영광아! 너 군대에서 교회를 나가지 않았지? 그 이유를 말해줄 수 있겠니?"

영광이는 잠시 생각하더니 대답했다.

"제가 훈련소에서부터 주일마다 교회에 나갔고, 자대 배치를 받고서도 열심히 기도하고, 교회에 나갔어요."

"응. 그랬었구나."

"하루는 새로운 군목님이 주일날 예배를 마치고, 병사들끼리 돌아가면서 통성기도를 하는 시간을 마련했어요. 그래서 서로 기도를 하고 대화를 나누었지요."

"그랬어?"

"어느 날 동기가 제게 부모님이 목회자냐고 묻는 거예요. 아니라고 말했더니 내가 기도하는 것이 교회 사모님이 하는 기도와 똑같다는 거예요."

"그래서?"

"다른 병사들이 하는 기도를 유심히 들어보고, 제가 하는 기도와는 좀 다르다는 사실을 알게 되었어요."

"그게 무슨 소리니?"

"제 기도는 성경 내용에 기반을 둔 것이라기보다는 복을 구하는 기복신앙기도 같다는 거예요."

"난 도무지 무슨 말인지 모르겠다. 하나님께 기도하는 방식을 가지고 말하는 게."

"한마디로 제가 하는 기도는 뭔가를 해달라고 하는 기도라는 뜻이에요."

"그래서 교회를 나가지 않았다는 거니?"

"그 이후에 전 성경을 읽기 시작했어요. 구약부터 신약까지요."

"성경을 읽으면서 교회에 나가면 되는 거 아닌가?"

"성경을 다 읽고 난 뒤에 교회에 나가기로 결심했어요. 그래서 엄마한테 답을 못 한 거예요."

문득 내가 하는 기도에 대하여 생각해보았다.

안동에서 자란 나는 엄마의 기도를 들으면서 자랐다.

유교를 믿는 전형적인 농가였던 우리 집은 일 년에 대여섯 번씩 제사를 지내는 집안이었다. 제사 음식을 혼자서 준비해야 했던 엄마는 교회를 다니면 제사 음식을 준비하지 않아도 된다는 말에 교회에 나가기 시작했다. 엄마의 기도는 제사 음식을 장만하지 않게 해달라는 내용이었다. 그런데 평온하던 집안에 불행이 갑자기 닥쳐왔다.

나보다 열다섯 살이나 많은 배다른 오빠가 집안의 전답을 모두 담보로 맡기고, 시작한 사업이 실패하는 바람에 할아버지와 아버지는 화병으로 돌아가셨다.

그때가 내가 중학교 2학년 때였다. 그때부터 엄마는 밤낮으로 집안에 화를 피하고 복을 달라는 내용의 기도를 했다. 몇 년 후 엄마도 교통사고로 돌아가셨다.

나는 이모 집에서 학교를 다녔고, 오빠는 사업 실패로 교도소에 갔다는 소문만 들었을 뿐 서로 연락을 하지 않고 살았다.

이때 내가 한 기도는 불행을 막아주고 복을 달라는 기도였고, 영광이도 내 기도를 보고 자랐기 때문이라는 생각이 문득 들었다.

며칠 있으면 집주인으로부터 이사 독촉 전화가 올 것 같은데, 아직도 이사할 집을 구하지 못해 답답했다.

나는 남자 심리상담사에게 상담을 받기로 하고 병원에 전화했다.

"병원입니다."

"그 병원에서 진료를 받았던 사람입니다. 심리 상담을 좀 받고 싶은데요?"

"성함이 어떻게 되시죠? 아, 나예주 님. 기록이 있네요."

"지난번에 상담했던 남자 선생님한테 받고 싶어요."

"아, 예. 김상기 선생님이요?"

"성함은 모르고, 최근에 저를 상담했던 분인데요."

"잠시만요. 그분이 김상기 선생님 맞네요."

"아, 그럼 김상기 선생님과 상담을 희망합니다. 일정은 빠를수록 좋고요."

"이번 주는 내일 오전 10시만 가능합니다. 예약해드릴까요?"

"예, 좋아요. 내일 갈게요."

나는 남자 심리상담사에게 상담을 받고 싶었다. 그가 알려준 대로 영광이하고 사진을 보면서 대화를 나누었지만, 새로운 문제가 드러났고, 그 해결 방안이 궁금했기 때문이었다. 문제 원인을 정확하게 진단하고, 대안을 구체적으로 제시해주는 그의 상담이 너무 좋기도 했다.

다음 날 아침 9시 40분쯤 병원엘 갔다.

이른 시간이라 그런지 대기하는 사람이 없었다. 의사는 내 증세를 듣고는 신경안정제와 수면제 처방을 해주었다. 그리고 상담을 위해 상담실로 갔다.

지난번에 상담했던 키 큰 젊은 심리상담사가 들어왔다.

"김상기 선생님. 지난번에 상담을 받았던 나예주입니다."

"아, 예! 반갑습니다. 제 이름을 기억해주시니 기분이 좋네요."

"전화 예약을 하면서 성함을 알게 되었어요."

"아, 그랬군요. 여하튼 기분이 좋네요. 지난번 상담한 이후 달라진 내용과 새로운 문제점이 무엇인지 설명해주실래요."

나는 지난번 상담을 받은 이후에 있었던 일들을 빠짐없이 차분하게 설명했다. 내가 설명하는 동안 심리상담사는 간단한 메모만 하며 계속 내 말을 들었다.

"시아버지는 요양원으로 가셨고요. 일하러 갔던 아드님이 집으로 돌아왔군요. 그 외에 또 달라진 내용이 있었나요?"

한참 내 말을 듣던 심리상담사는 핵심을 정확하게 정리했다.

"지난번 선생님이 아들이 돌아오면 추억 사진을 보면서 대화를 해보라고 하셨잖아요. 그러면 아들의 속내를 알 수 있을 거라고요."

"예, 제가 제안했었지요. 해보셨나요?"

"예, 어제요."

"반응은요?"

"절반은 효과가 있었어요."

"어떤 효과가 있었죠?"

"아들의 어릴 적 사진을 보면서 대화를 하니깐 아들과 한층 가까워진 느낌이었고, 공감대가 형성되어 서로 즐거웠어요."

"그럼 효과가 없었다는 부분은 무엇인가요?"

"아들에게 말하지 못할 비밀이 있다 보니, 대화가 단절되었어요."

"그런 점이 문제였다는 거군요. 아드님에게 숨겨야 했던 비밀이 무엇이었나요?"

나는 잠시 생각하다가 대답했다.

"우리 집이 서울에서 하남으로 이사한 것이 사실은 제가 사기를 당해서였는데, 그 이야기를 못 하겠더라고요."

"그랬군요. 아드님은 그 사실을 지금도 전혀 모르고 있나요?"

그 질문을 듣고, 문득 얼마 전 고모에게 들었던 이야기가 생각났다.

"최근에 알게 되었는데, 아들이 이미 알고 있었더라고요."

"아드님이 언제 그 사실을 알게 되었나요?"

"고등학교 시절부터 이미 알고 있었더라고요."

"아드님이 다 알고 있는 사실을 굳이 숨기려고 한 이유가 뭐죠?"

심리상담사는 지금까지와는 달리 내게 단도직입적으로 물었다. 나는 바로 대답하지 못했다.

"부모로서 창피해서요."

"사람 관계에서는 서로 간의 공감대 형성, 상호 신뢰 구축, 믿음이 중요해요. 라포Rapport 형성이라고 하는데요. 가족처럼 가까운 사이일수록 더 중요하죠."

"라포 형성이요?"

"쉽게 말씀드리자면, 오늘 환자분이 제 이름을 기억해주셨지요? 제 이름을 기억해주고 불러주면, 저는 아주 마음이 편하고 기분이 좋아져요. 바로 제 이름 석 자를 불러줬을 때 둘만의 신뢰와 친밀한 관계가 형성된 셈이죠. 그게 바로 서로 간의 라포 형성이 된 겁니다."

"그렇게 설명해주시니 알 것 같습니다."

"아드님 입장에서는 다 아는 사실을 엄마가 숨기고 있는데 누가 마음의 문을 열겠어요."

"아, 그게 문제였네요."

"아드님과 정말 대화를 하려면 아드님이 몰랐던 부분까지 다 알려야 그때부터 엄마를 믿고 마음의 문을 열게 될 겁니다."

"그렇군요. 그런데 다 이야기했을 때 그로 인한 문제는 없나요?"

"좋은 질문인데요. 다른 사람에게 솔직하게 고백하면 소송이나 전파될 우려가 있지만, 가족 간에는 그런 문제는 없어요."

"가족은 왜 다른가요?"

"가족이라는 울타리가 공동선을 지향하거든요."

"그렇군요. 앞으로는 아들에게 다 이야기해줘야겠네요."

"용서는 사람만의 특권이죠. 그런데 용서는 용기를 필요로 합니다. 자신의 잘못을 다 드러내는 용기 있는 사람만이 다른 사람을 용서해줄 수 있고, 용서를 구할 수 있기 때문입니다."

"선생님의 오늘 말씀은 '용서'와 '용기'네요. 감사합니다. 저도 용기를 내보겠습니다."

"용기 있는 사람만이 용서해주고, 용서받을 수 있는 겁니다."

"예, 잘 알겠습니다."

"우리 사회에서 베이비 붐 세대와 그 자녀들 간의 갈등이 앞으로 더욱 심각해질 겁니다. 환자분이 겪는 자녀와의 갈등도 그 연장선에서 이해하셔야 합니다."

"좀 더 구체적으로 말씀해주세요."

"제가 사회병리학을 공부하고 있는데요. 우리나라의 베이비 붐 세대는 단군 이래 부모 세대보다 월등하게 성공한 세대거든요. 베이비 붐 세대는 유년 시절에는 고생을 했지만, 농촌사회에서 산업사회로 이전하면서 기회가 많아 크게 성장할 수 있었지요."

"아, 그러네요."

"한마디로 성공할 수 있는 기회가 많았던 세대였죠. 그런 세대가 자식들 교육에 많은 관심과 투자를 했지만, 그 자식 세대는 취업 등의 기회가 적다 보니 기대에 부응하지 못하게 된 겁니다. 그래서 부모들은 자식들에게 불만이 생기고, 자식 세대는 자식 세대대로 고충이 있는 겁니다. 그리고 수명이 길어지고 베이비 붐 세대가 부를 다 움켜쥐고 있다 보니, 세대 간 갈등도 생겨난 거고요."

"구조적인 갈등 요인이네요."

"예. 그런데 우리나라만의 문제는 아니고요. 전 세계적으로도 똑같은 현상이죠."

"선생님 저와 아들 간의 문제도 그런 측면에서 접근해야겠네요."

"바로 그겁니다. 자녀들 입장을 헤아려주지 못하면 부모와 자식 간의 틈을 좁힐 수 없습니다. 그래서 아드님에게 있는 그대로 말씀해야 합니다."

"아, 감사합니다."

"예. 잘되시길 기원합니다."

나는 상담을 마치고 나오면서 그동안 꽉 막혔던 응어리가 뻥 뚫리는 것 같았다.

'다 알고 있는 사실을 요리조리 숨기려 했던 내 모습이 영광이에게는 어떻게 느껴졌을까?'

상담을 마치고 이런저런 생각을 하며 집으로 오는 동안 집주인으로부터 문자메시지가 왔다.

내용증명을 받으셨지요? 7월 29일 몇 시쯤 이사하실지 알려주세요. 저희도 이사 계획을 세워야 해서요. 그리고 이사하시는 데 계약금이 필요하시면 말씀하세요. 보증금 중에서 계약금을 보내드리겠습니다. 임대차 계약자 명의로 된 은행 계좌 번호 알려주세요.

이 문자를 남편에게는 전달하지 않았다. 장사하느라 정신이 없는 남편에게 보내봐야 소용이 없다는 것을 잘 알고 있기 때문이었다.

지금 살고 있는 집을 비워줘야 할 날이 며칠밖에 남지 않았지만, 그보다는 아들과의 벽을 허무는 일이 온통 머릿속에 가득 차 있었다. 그 벽을 허물어야 다른 일에 집중할 수 있을 것 같았다.

다음 날 아침 식사를 마치고, 집 안에 영광이와 단둘이 있게 되었다.

"영광아! 엄마한테 딱 1시간만 시간 내줄래?"

영광이는 아무 대답 없이 읽던 책을 덮고서 방바닥에 앉았다.

"영광아! 엄마가 너한테 잘못한 게 참 많았다. 엄마는 겁쟁이였고, 너를 어린 아들로만 보았어."

"예? 왜 갑자기…."

"미안해. 엄마를 용서해주렴."

영광이에게 그동안 하지 못했던 말을 하자, 갑자기 눈물이 났다. 울먹거리면서 다시 미안하다고 말하자, 영광이가 내 손을 잡았다.

"엄마. 엄마는 저희에게 잘못하신 거 하나도 없어요."

"아니야. 엄마가 너무 부족했다. 미안해. 용서해주겠니?"

그러자 영광이는 무릎을 꿇으면서 말했다.

"엄마! 제가 잘못했어요. 제가 군대 갔다 와서 엄마의 속을 너무 썩였어요."

"아니야. 엄마가 잘못한 거야. 너는 그만큼 성장한 거고."

"…"

"내가 지난번에 너하고 사진을 보면서 대화를 할 때 꼭 했어야 할 이야기가 있었는데, 내가 못 해서 오늘은 너에게 그 이야기를 좀 해주려고 해."

"그게 뭔데요, 엄마?"

"우리 집이 둔촌주공아파트에서 하남으로 이사 온 이유

하고, 지금 우리 집 문제들…"

"…"

"우리가 둔촌동에서 하남으로 이사 온 이유는 할머니가 아프신 것은 외형적인 이유였고, 사실은 엄마가 사기를 크게 당해서였다. 그 빚을 갚느라 어쩔 수 없이 둔촌주공아파트를 팔아야만 했어."

영광이는 아무 말 없이 나를 바라보았는데 크게 놀라는 표정은 아니었다.

"그때 무슨 사기를 당하셨어요?"

"빚을 내서 피에프 사업에 투자했다가 사기당한 거야."

"피에프 사업이요?"

영광이는 피에프 사업이라는 말에 놀라는 눈치였다. 그러면서 내용이 궁금한지 물었다.

"어떤 피에프 사업이었는데요?"

"부동산 개발 피에프 사업이었는데, 믿었던 사람의 제안이라서 거절하지 못하는 바람에 그만…"

나는 그 이야기를 하려다 보니 당시 상황이 생생하게 떠올라 괴로웠다.

"언제, 누구에게 사기를 당한 거예요?"

"네가 초등학교 4학년쯤이었을 거야. 아빠랑 결혼한 후 월세에서 전세로, 전세에서 임대아파트로 이사를 하도록 도와주셨던 같은 교회 권사님이 있었는데, 그분이 찾아와서 피에프 사업에 투자하면 집이 한 채 떨어진다고 해서 그걸 믿고 엄마가 투자했어."

"그래서요?"

"워낙 좋은 사업이라서 다른 사람에게 절대 소문을 내면 안 된다고 하고, 이자는 대신 내주겠다고 해서 믿고 집을 담보로 2억 원이나 투자했어. 그 부채를 갚느라 집을 팔게 된 거야."

"아, 그랬었군요. 그때 엄마는 아빠와는 상의하지 않으셨어요?"

순간 뭐라고 대답해야 할지 난감했지만 사실대로 대답했다.

"아빠도 피에프 사업이 뭔지 모르고, 우리를 도와준 분이고 하니 괜찮다고 해서 투자하게 되었단다."

"엄마는 모르셨어도 아빠가 좀 더 적극적으로 알아보았어야 했는데…."

"다 엄마 잘못이야. 아빠는 당시 직장 생활하기도 힘들었어."

"이제야 우리가 하남으로 이사 온 이유를 확실하게 알았네요."

"있는 그대로 네게 다 말하고 나니 엄마는 속이 후련하다."

"엄마는 그 권사님을 용서했나요?"

"용서? 어떻게 용서해? 난 절대로 용서할 수 없다. 절대로!"

김 권사를 용서했느냐는 영광이의 말에 나는 약간 흥분했다.

"엄마. 돈을 받지 못하실 것 같으면 그냥 용서하세요. 돈도 잃고, 사람도 잃는 것보다는 사람은 잃지 않는 게 낫지 않을까요?"

"나와 가족에게 그렇게 큰 피해를 준 사람을 어떻게 용서하겠니?"

"모든 선택은 엄마가 한 거잖아요."

"…"

"그분을 위해 용서하는 게 아니라 엄마를 위해 용서하는 거죠."

영광이의 말에 나는 쥐구멍이라도 찾고 싶은 심정이었다.

"그래. 네 말이 맞다. 내가 선택한 거였지."

영광이 말을 듣고 지금껏 한 번도 생각해보지 못한 김 권사에 대한 용서를 생각하게 되었다. 나는 현재의 집 문제도 영광이에게 다 말해야겠다고 생각했다.

"영광아! 지금 우리가 살고 있는 이 집도 29일까지 집을 비워줘야 해."

"…"

영광이는 아무 대답도 하지 않았다.

"지난달에 집주인한테 내용증명이 왔다."

나는 내용증명이라는 말을 또박또박 큰 소리로 말했다.

"아, 예. 그랬군요."

"요즘 하남에서는 전세는 물론 월세도 구할 수가 없어."

"아마도 하남에 전철이 들어오고, 교산 신도시 개발 붐으로 하남으로 전입하는 사람들이 넘쳐나서 그럴 거예요."

"그렇구나. 집주인이 입주를 하겠다는데 비워주지 않을 수 없잖니?"

"아마 우리를 내보내고, 방마다 한 사람씩 단독 세대주로 만들어 분양권을 받으려고 하는 것 같아요."

순간 마방집에서 들었던 김은혜의 말을 영광이가 똑같이 하고 있어 무척 놀랐다.

"설마 그럴 리가 있겠니. 그런 이유로 집을 비워달라고 하면 거짓말이지. 집주인이 처음에는 같은 교회 집사님이었는데 2년 전에 바뀌었어. 지금 주인은 한 번도 본 적이 없어."

"확실하지는 않지만 제가 보기에는 그럴 확률이 높다는 말이죠."

"엄마가 오늘 너에게 용서를 구하는 것은 나도 과거에서 벗어나 현실을 이해하려는 용기를 내려고 해서야."

그 말이 끝나자 영광이는 내 손을 꼭 잡고는 잠시 생각에 잠기는 모습이었다.

"엄마. 저도 그동안 엄마를 속였던 게 많아요. 저도 솔직하게 고백할게요."

나는 아무 말도 하지 않았지만, 아들의 손이 유난히 따듯하게 느껴졌다.

"엄마. 사실은 집주인이 보낸 내용증명을 저도 봤어요. 제가 집에 있는데 내용증명이 배달되어 궁금해서 몰래 봤어요. 죄송해요."

영광이는 자신이 먼저 내용증명을 보았다고 고백했다.

"그랬구나. 엄마랑 아빠가 못나서 그렇다."

"아니에요."

"그 내용 보고 많이 놀랐었지?"

"예, 엄마. 전 우리 집이 전세로 사는 줄 알았어요."

"그래. 처음에는 전세로 살다가 아빠가 호프집을 시작하면서 월세로 전환했단다."

"아, 그랬었군요. 엄마! 아빠는 왜 직장을 그만두신 건가
요?"

영광이의 뜻밖의 질문에 당황스러웠지만, 장남으로서 알
고는 있어야 할 것 같았다.

"엄마가 피에프 사업으로 사기를 당하고 나서 아빠가 그
손실을 만회해보겠다고 가상화폐에 투자를 했단다."

"그래요? 그때에도 가상화폐 투자를 했나요?"

"엄마도 솔직히 잘 몰라. 아빠가 엄마 몰래 했거든."

"그랬군요. 그래서요?"

"투자한 게 잘못되어 빚을 지게 되었고, 그래서 직장을 조
기 퇴직하게 된 거야."

"그랬었군요."

"퇴직금으로 대출받은 돈을 갚아야 해서 그랬어. 나쁜 일
은 줄을 지어 연속적으로 온다고 하더니만….."

영광이는 궁금증이 다 해소된 듯 고개를 끄덕였다.

"엄마. 저도 지금까지 엄마와 아빠에게 숨긴 사실이 또 있
어요."

"그래?"

"제가 한 달 동안 일하러 간 곳은 인테리어 공사 현장이

아니었어요."

"그럼, 어디에서 무슨 일을 했니?"

"사실은 부동산 분양대행 회사에서 일했어요."

"뭐라고? 원주 신축 병원 인테리어 공사 현장에 간 것이 아니었어?"

"예, 엄마. 거짓말해서 정말 죄송해요."

영광이의 말을 듣고 너무 깜짝 놀라 순간적으로 앞이 까맣게 보였다.

"제가 휴가 나와서 인테리어 일을 하면서 만난 이 팀장과 함께 분양대행 일을 했어요."

"무슨 일을 하는 곳인데?"

"오피스텔, 아파트형 공장, 지식산업센터 등 업무용 부동산 분양대행을 하는 일이에요."

"그랬었구나."

"그래서 사실은 제가 주민등록을 다른 곳으로 해두었어요."

나는 영광이가 주민등록을 다른 곳으로 이전한 사실을 모른 체했다.

"그 분양대행이라는 일하고 주민등록을 다른 곳으로 이전하는 것이 관련이 있니?"

"분양 업무를 처음 하는 사람은 무조건 한 채씩 분양을 받아야 해서요. 일종의 담보조. 분양 대출을 받기 위해서는 단독 세대주가 되어야 가능하고요."

"그럼, 너도 단독 세대주가 되었고, 분양 계약도 했다는 말이니?"

"예. 분양대행 회사에서는 직원들에게 더 열심히 일하도록 독려할 목적으로 분양을 받게 해요. 그래야 더 확신을 갖고 고객에게 어필을 할 수 있다고 해서 그렇게 한대요."

"그래서 어떻게 되었니?"

"제 앞으로 분양을 받은 것은 다른 사람에게 넘겼고, 다 정리가 잘되었어요."

"잘못하면 분양을 받은 것만 떠안을 수도 있는 것 아니니?"

"그럴 수도 있지만, 거의 다 일반분양으로 전환이 돼요. 회사 입장에서도 분양분이 전혀 없는 상태에서 시작하는 것보다, 일정 부분 분양이 된 상태에서 일을 시작하는 게 마케팅에 유리하다고 보는 거죠."

"그렇구나."

"엄마. 그리고 제가 같이 일하는 사람들한테 배운 건데요. 정부에서 청년들에게 전세 자금 대출을 해준다고 해서 제가 전세 자금 대출을 신청해두었어요.”

“그래?”

“아마 며칠 안에 심의가 끝나고, 전세계약서만 있으면 대출금이 나올 것 같아요. 같이 일하던 과장님이 부동산중개업을 하던 분인데, 그분이 안내를 해줘서 신청했어요.”

“그래? 네 이름으로 전세 자금 대출을 신청했다고?”

“예. 단독 세대주고 소득 증명을 할 수 있기 때문에 요건이 된다고 해서 은행에 신청했어요.”

“주소를 어디로 이전해두었니?”

“일하러 가기 전에 인터넷에 조회해보니 하남은 교산 신도시 분양권을 받으려고 고시원에 주민등록을 많이 해둔다는 것을 알고, 신장동에 있는 고시원으로 주소 이전을 했어요. 월 10만 원만 내면 다 관리해줘요.”

“너 부동산 공부 많이 했구나?”

“한 달 동안 분양대행 회사에서 일하면서 주간에는 분양업무를 하고, 밤마다 선배들과 부동산 교육과 토론을 했어요. 부동산 공부는 해도 해도 끝이 없어요.”

“그렇구나.”

“부동산은 움직이지 않고 늘 한자리에 있지만, 정책이나 경제, 환경, 사람들의 심리가 수시로 변화무쌍하니까요. 부동산이 복잡할 수밖에 없어요."

"그렇구나."

"저도 엄마한테 궁금한 게 있는데요?"

"뭔데?"

"이사할 집은 생각해두셨어요?"

"아니. 엄마도 집을 구해보려고 여기저기 다녀보았는데, 요즘 하남에 전세나 월세가 없어."

"그래서 저도 전셋집을 인터넷으로 알아보고 있었는데요. 정말로 전세나 월세로 나온 집이 거의 없어요. 전세계약서만 쓰게 되면 대출은 전세금의 80%까지는 나오는데."

"네가 엄마 아빠보다 낫다."

"무슨 말씀이죠?"

"엄마와 아빠는 둘 다 대출 요건이 안 되니 하는 말이야."

남편은 전에 집을 소유한 적이 있어서 안 되고, 나는 소득 근거가 없어서 전세 자금 대출 요건이 안 된다는 은행 직원의 말이 문득 떠올랐다.

"저와 같이 일했던 부동산중개업을 하던 팀장님이 하남 쪽에 전세를 알아봐 준다고 했어요."

"그래?"

"그 여사님께는 우리 집 사정을 다 말했거든요. 그래야 대안을 찾을 수 있다고 해서요."

"잘했다, 영광아. 사람 관계는 신뢰와 유대 관계가 형성되는 라포 형성이 되어야 해."

"라포 형성? 함께 근무하던 부장님도 엄마랑 꼭 같은 말씀을 하셨는데…."

나는 심리상담사에게 배운 '라포'라는 말을 나도 모르게 쓴 것을 보고 놀랐다.

"영광아! 오늘 나는 오랜 잠에서 깨어난 것 같다. 영광이 덕분에 엄마가 정신을 차리게 된 것 같아. 고맙다."

"저도 오랜만에 엄마랑 속에 있는 이야기를 다 하니 마음이 편해요. 그리고 제가 몰랐던 부분을 새롭게 알게 되었어요."

"새롭게 알게 되었다고?"

"부모님의 자식에 대한 무한 사랑이요."

"뭐?"

"자식에게는 나쁜 것은 조금도 주지 않으시려는 그 마음이요."

"그러니?"

"엄마, 저도 시간이 지나면 부모가 되잖아요. 세상 어려운 일을 자식에게 알려주는 것도 부모님의 또 다른 사랑인 것

178

같아요. 쓴 약이 병을 고치듯이요."

"영광이 네 말이 맞다. 엄마가 오늘 중요한 것 또 하나 배웠어."

"군에 있을 때 우리 대대장님께서 하신 말씀인데요. 나무가 뿌리를 내리기 전에는 큰 나무가 비바람을 막아줘야 하지만, 어린나무가 성장하려면 큰 나무는 베어 줘야 어린나무가 풍파에도 살아남는다고 하셨어요."

"그렇구나."

"사람도 마찬가지로 자식이 어릴 적에는 부모가 그 자식을 잘 보살펴 줘야 하지만, 자식이 성장하면 부모는 자식에게 그늘이 된대요. 그래서 자식이 크려면 부모가 자리를 비켜 줘야 한대요. 대대장님은 중대장님과 소대장님에게 전부 믿고 맡겨요. 우리 부대에서 인기 짱이셨죠."

"정말로 멋진 분이셨구나."

"예, 부대원들이 존경하는 분이셨어요."

"부모는 자식을 놓아줘야 할 때를 놓치는 것 같다. 그래서 부모 노릇하기가 어려운 거야."

"…"

나는 영광이를 보면서 부모가 가르쳐 주지 못하는 부분을 군대에서 배운다는 생각이 들었다. 영광이와 서로 하고 싶은 이야기를 다 하고 나니 속이 후련했다.

코로나19 확산으로 저녁 9시까지만 영업을 해야 했기 때문에 남편이 일찍 귀가했다. 오늘은 집 이사 문제에 대해 남편과 이야기를 좀 하고 싶었다.

"여보. 우리 이사할 집을 어떻게 구하지?"

"나도 알아보고는 있는데 쉽지 않네. 월세는 더 어려워. 월세 상한액을 정부에서 정해놓으니 오히려 더 구하기 어려운 것 같아."

"그래요?"

"서민을 위한다는 정책이 오히려 서민을 더 고통스럽게 만들고 있으니…. 그래서 탁상행정이라는 말이 없어지지 않나 봐. 나도 직장 다닐 때는 잘 몰랐거든. 책상에만 앉아 있는 사람들은 현장을 잘 모르는 것 같아."

"현장을 모르는 것이 아니라 현장에 관심이 없는 거지. 자기 일이 아닌 남의 일이잖아."

"지금 가게 건물주는 모두 월세로 하고 있는데, 갈수록 월세 받기가 힘들다고 2층과 3층을 전세로 전환시킨다고 하던데."

"그래요?"

"내가 내일 주인을 찾아가서 월세를 꼬박꼬박 잘 낼 테니 믿고 우리에게 월세로 달라고 사정을 해볼 생각이야. 그래도 믿지 못한다면 월세 1년 치를 미리 내겠다고 해보려고."

"혹시 전세로 하면 얼마인지도 물어봐요."

"우리가 전세로 갈 돈이 어디 있어?"

"그래도 일단은 물어봐요. 돈이야 어떻게든 구해봐야지."

오늘 영광이하고 대화하면서 영광이가 청년 전세 대출을 받을 수 있다는 걸 알았다. 돈 걱정하는 남편에게 그 내용을 이야기할까 고민했지만 말을 꺼내지 않았다. 만약 말을 해야 할 시점이면 영광이가 아빠에게 직접 말하는 것이 좋을 것 같다는 생각이 들었기 때문이었다.

"당신이 돈을 어디서 구해? 요즘은 잠시 돈을 만져만 보고 돌려준다고 해도 돈을 구경할 수 없는데."

"그래도 일단 물어봐요."

"알겠어. 당신한테는 미안하다."

"당신이 미안하다고 말하니깐, 우리 연애할 때 봤던 영화가 생각난다."

"무슨 영화였지?"

"러브 스토리. 눈 쌓인 교정에서 남녀가 눈 위를 뒹구는 모습과 불치병에 걸린 여주인공한테 남주인공이 미안하다고 하자, '사랑하는 사람에게는 미안하다는 말 하는 거 아니야'라는 여주인공이 한 대사가 생각나네."

"맞다. 그 영화를 연속으로 두 번이나 봤지?"

"응. 당신도 나를 사랑한다면 앞으로 '미안하다'는 말은 하지 마세요. 미안해 씨."

"알았어. 이 순간부터는 미안하다는 말은 안 할게. 고마워 양."

오랜만에 남편과 가볍게 대화를 마무리하니, 마음이 한결 편해졌다. 착하고 가정적인 남편이 오늘은 더 다정하고 든든하게 느껴졌다

내일이면 분명히 집주인한테 문자나 전화가 올 것이 틀림없었지만, 오늘은 그냥 편안하게 잠을 자고 싶었다.

아침에 일어나니 역시 집주인한테 문자가 와 있었다.

다음 주 이사 예정인데 이사 시간과 보증금 돌려줄 은행 계좌 번호를 빨리 알려달라는 내용이었다.

나는 집주인을 한 번도 만난 적이 없었다.

처음 이사 왔을 때의 집주인은 같은 교회 집사님이었는데 몇 년이 지난 뒤에 지금 주인으로 바뀌었다. 새 주인은 전세보다는 월세를 선호한다고 해서 결국 월세로 계약을 하게 되었고, 집주인이 알려준 부동산에서 계약서만 새로 썼다.

한 번 통화는 했는데 집주인의 말투가 상대를 무시하는

것 같아 며칠 동안 기분이 언짢았었다. 그 이후로는 그녀의 전화를 받지 않았고, 할 말이 있으면 문자로 주고받았다. 집주인은 월세가 단 하루라도 늦어지면 바로 문자가 왔다.

며칠 전에는 7월 29일까지 집을 비워달라는 내용증명서를 보내왔다.

집주인을 만나는 것이 정말 싫었지만, 직접 만나봐야 할 것 같았다. 이사 날짜를 연기해주든지, 전세로 전환해 재계약을 해달라고 사정해볼 생각이었다. 세 아이의 엄마로서 내 체면보다는 집 문제를 해결해야 하는 일이 더 중요했다.

집주인에게 전화를 걸었다.

"사모님. 안녕하세요? 덕풍동에 사는 세입자입니다."

"아, 예. 삼호빌라 102호 사시는 분이시죠?"

"예, 맞아요."

"방금 문자를 보냈는데 받으셨지요?"

"예, 받았어요. 오늘 시간 좀 내주시죠? 시간과 장소를 알려주시면 제가 찾아뵙고 싶습니다."

"그동안 제 전화는 통 받지 않던 분이 갑자기 제게 무슨 할 말이 있을까요?"

"그래도 뵙고 말씀을 좀 드리고 싶어서요."

"이사 시간과 다른 집을 계약하려면 계약금이 필요할 테니 은행 계좌 번호만 알려주시면 됩니다. 만나봐야 서로 머리만 아파요."

"그래도 좀 뵙고 싶다는데 그렇게 말씀하실 수 있어요?"

나는 그동안 참아왔던 감정이 폭발했다.

"그럼, 덕풍시장 옆 황금부동산 김 사장한테 말씀하세요. 제가 지금 김 사장한테 전화해놓을게요. 오늘은 좀 바쁜 일이 있어서요."

"알겠어요."

나는 화나고 자존심이 상해서 먼저 전화를 끊어버렸다.

전화를 끊고는 바로 집주인이 알려준 황금부동산으로 갔다. 부동산은 한산했다.

"삼호빌라 102호 세입자인데요. 집주인이 김 사장님을 만나서 이야기하라고 해서 왔어요."

50대 초반쯤으로 보이는 여자가 나를 반갑게 맞이했다.

"아, 예. 방금 집주인 사장님한테 전화가 왔었어요. 좀 앉으시죠?"

내가 테이블에 앉자, 김 사장은 내게 명함을 한 장 건네주고는 커피를 한 잔 가져왔다.

"저희 부동산이 집주인 사장님 소유 부동산을 관리해주고 있어요."

"아, 그렇군요. 집주인이 29일까지 집을 비워달라고 하는데, 알다시피 요즘 전세나 월세로 나온 집이 없어요."

"맞아요. 요즘 하남에서 집 구하기는 하늘의 별 따기만큼 어려워요."

"집주인이 보낸 내용증명에는 본인이 입주할 예정이라서 집을 비워달라고 했는데, 집주인이 실제 입주하나요?"

"그건 저도 잘 모릅니다. 두 분 간에 이루어진 일이라서요. 저는 집주인이 요청하는 대로 일을 처리해주고 있을 뿐입니다."

"집주인이 직접 입주를 하지 않는다면, 저희도 계약 연장 신청을 할 수 있는 것 아닌가요?"

"맞아요. 얼마 전에 정부에서 임차인 보호를 위해 임대차 갱신요구권을 인정해서 법적으로는 임대 기간이 끝나도 주인이 직접 입주하는 경우 이외에는 1회에 한하여 갱신요구권이 있는 것은 사실입니다. 요즘 집주인과 세입자 간에 그것 때문에 분쟁이 자주 발생하기도 하고요."

"저는 집주인과 싸우고 싶지는 않고요. 다만 이사 날짜를 좀 여유를 주었으면 해서요. 아니면 지금 월세로 살고 있는데 월세를 올려주고서라도 재계약을 하고 싶어요. 전세로 전환한다면 전세금은 얼마로 할 것인지도 좀 알고 싶고요.

그래서 집주인한테 오늘 전화를 한 겁니다."

김 사장은 내가 말하는 내용을 메모하고는 그대로 주인한테 전달해주겠다고 했다.

"김 사장님. 집주인은 뭐 하는 분인가요?"

"부동산 임대 사업을 하는 분으로 알고 있어요."

"그럼 돈이 많겠네요."

"저도 정확히는 모르지만, 오피스텔이나 빌라를 전세나 월세를 끼고 구입해서 임대 사업을 하는 분 같아요."

"김 사장님. 이 동네에 전세나 월세로 나온 물건이 정말 없어요?"

"얼마 전까지만 해도 물건이 좀 나왔었는데요. 요즘은 정말 씨가 말랐어요. 교산 신도시 개발에 따른 쪼개기 입주가 만연해서요."

"쪼개기 입주요?"

"교산 신도시 입주권을 받기 위해서 방마다 세입자가 한 명씩 입주하는 방식 말이에요. 이 지역에서 2년간 거주해야 1순위 분양 자격이 인정되거든요."

"아, 그렇군요. 예전에는 서울에 살다가 어려운 일을 당한 사람들이 하남으로 이사 와 안정을 되찾았던 곳인데 어쩌다가…."

"그러게 말이에요. 요즘은 잘 사는 서울 사람들이 이곳으로 몰려오고 있어요."

"그럼, 우리 같은 사람은 또 외곽으로 밀려나겠죠."

"제가 매물이 나오면 바로 연락드릴게요."

"예, 감사합니다. 집주인이 입주를 한다면 저희에게 이사 날짜를 한 달만 연기해달라고 말씀해주세요."

"예. 주인에게 꼭 그대로 전달할게요."

나는 김 사장에게 부탁하고 나왔다.

만약 이사할 집을 구하지 못하면 그냥 뭉개고 살 작정이었다. 집주인이 자신이 입주한다는 이유로 집을 비워달라는 것은 사실이 아닐 가능성이 높다는 것을 알았기 때문이었다.

나는 다른 사람하고 싸우는 것을 정말 싫어하지만, 이번에는 어쩔 수 없었다. 지금은 좋은 일, 싫은 일을 따질 겨를이 없었고 내 취향을 고집할 여유도 없었다. 가족의 보금자리를 지킬 수만 있다면 그 누구와도 싸워볼 생각이었다. 그렇게 생각하니 어색하지만 마음은 편했다.

황금부동산을 나와 샬롬부동산으로 갔다.

오늘은 김은혜에게 내 사정을 사실대로 다 말해야겠다고 생각했다. 부동산 안으로 들어가자 김은혜가 사무실에 와 있었다.

"오호. 오늘은 웬일로 아침부터 사무실에 나와 있어?"

"샬롬! 어서 와, 친구. 잘 왔다. 오늘 오전에 지난번에 만났던 후배 전 기자가 사무실에 온다고 해서…."

"오, 그래? 부동산저널 전인숙 말이지?"

"응. 오늘 나한테 물어볼 게 있다고 해서, 오라고 했지."

"그럼 내가 방해가 되겠구나. 커피 한 잔만 하고 바로 갈게."

"아이. 무슨 방해? 친구가 있으면 더 좋지."

"친구야, 오늘은 나도 궁금한 게 있어서 왔어."

"뭔데? 뭐든지 말해봐."

"사실은 내가 좀 어려운 상황에 있어."

"무슨 일인데? 어서 말해봐."

"다음 주까지 지금 사는 집을 비워줘야 할 형편인데, 집을 못 구하고 있거든."

나는 좀 창피했지만, 집 이사와 관련된 이야기를 모두 털어놓았다.

김은혜는 크게 놀라는 눈치였다.

"사정이 그렇구나."

"그래서 내가 좀 힘들다."

"그런 일이 있었으면 진작에 나한테 먼저 말했어야지. 우린 친구잖아?"

"어떻게든지 혼자서 해결해보려고 했지. 사업에 바쁜 친구한테까지 걱정을 끼치기 싫어서."

"친구야, 섭섭하다."

"미안해."

"이제라도 말해주니 고맙다. 또 하고 싶은 말 있으면 다 말해봐, 이 자존심 강한 친구야."

영광이가 말년휴가 나와서부터 시아버지가 요양원으로 간 일, 그리고 그 이후 상황을 김은혜에게 모두 이야기했다.

"아, 친구한테 그런 어려운 일이 있었구나. 힘들었겠다."

김은혜가 갑자기 나를 껴안았다. 나는 그녀의 손을 뿌리치지 못하고 그대로 있었다. 여자의 품 안이 따뜻하게 느껴지기는 처음이었다.

"큰아들이 대단하다. 지금 문제는 전세로 집을 구하는 것이 문제구나. 시간적 여유가 없다. 일단은 오늘 집주인에게 한 달만 시간을 달라고 한 것은 늦었지만 잘했어."

"그래? 집주인이 부동산 임대업을 하는 사람인데, 자신이 입주한다고 집을 비워달라고 거짓말한 것이 화가 나."

"그런 사람이 부동산 시장을 왜곡시키는 갭 투기꾼이야."

"갭 투자가 뭔데?"

"전세나 월세를 끼고 적은 돈으로 집을 구입해서 임대차를 놓는 거야. 전세 가격과 주택 매입 가격의 격차, 즉 갭만 투자해서 주택을 구입하고 유통시키는 거지. 일종의 부동산 투기야."

"그렇게 하는 이유가 뭐야?"

"그 사이에 집값이 오르면 그만큼 돈을 벌 수 있잖아."

"그렇구나. 앞으로 어떻게 해야 하지?"

김은혜는 잠시 생각하더니만 천천히 말했다.

"오늘 만난 황금부동산 김 사장이 집주인은 여러 곳에서 빌라나 주택 임대업을 하는 사람이라고 분명히 말했지?"

"응. 그렇게 말하더라고."

"그럼 이사하지 말고, 그 집에 그대로 사는 방안으로 추진해보자."

"어떻게?"

"친구는 내가 시키는 대로만 하면 돼. 알았지?"

"응. 그렇게 할게."

"그 집주인은 지금 친구를 내보내고, 방 하나에 한 사람씩 세입자로 하려는 것이 거의 확실해. 그러니깐 그 약점을 파고드는 거야."

"집주인의 약점을 파고든다? 어떻게?"

"정부 정책이 집주인이 실제 입주하는 경우가 아닌 경우에는 임차인을 보호하게 되어 있거든. 그러니 아무리 집주인이라도 자신이 입주한다는 거짓말을 하면서 세입자를 내쫓지는 못해."

집주인이 실제 입주하지는 않으면서 집을 비워달라고 하는 것에 대하여 기분은 나빴지만, 집주인의 요구에 어떻게 대응해야 할지 전혀 몰랐다.

"만약 집주인이 실제로 살겠다고 하면 어떻게 해?"

"그건 거짓말이잖아. 거짓이 진실을 절대로 이길 수는 없는 법이야. 이겨서도 안 되고. 지금 살고 있는 집 임대차계약서 있지? 계약서에 있는 주소지로 내용증명을 보내자."

"내용증명을?"

"전화하거나 대화로는 집주인을 절대 이길 수 없어. 그러니 차분하게 내용증명을 써서 보내는 거야."

"집주인도 우리에게 집을 비워달라고 내용증명을 보냈어."

"그러니 우리도 내용증명으로 강하게 맞대응해야 한다 이 말이야. 이런 주인에게는 한 번 밀리면 끝장이야."

김은혜는 컴퓨터를 켜고, 세입자와 집주인 간의 분쟁을

조정해주는 사이트를 검색했다.

"일단 여기에 글을 하나 써서 올리자. 그래야 우리가 무기를 하나 더 가지고 싸우게 되는 셈이니까."

김은혜는 나에게 필요한 내용을 하나씩 물어보았다. 마치 심문하듯이 꼬치꼬치 캐묻고는 출력한 종이를 내게 보여주었다.

"친구야, 일단 읽어봐."

김은혜가 내민 종이를 읽어보니 기사를 쓰듯이 억울한 세입자의 입장을 정리한 내용이었다.

"내용도 내가 말한 그대로이고, 친구의 글에는 정말 힘이 있다. 어쩜 정리를 이렇게 잘해?"

"기자님만 하겠어?"

김은혜는 자신이 쓴 글을 2매 더 출력했다.

"자, 이제 이것으로 나예주는 부동산 투기꾼과 한판 붙는 거야."

"친구야, 이걸로 어떻게 하려고?"

"왜? 겁나냐?"

"응. 약간은."

"싸우려고 달려드는 사람만이 승리를 맛볼 수 있는 거야. 싸우지 않고 얻을 수 있는 승리는 없어. 나는 이렇게 싸움을 준비할 때가 가장 집중력이 좋더라."

김은혜는 혼자 중얼거리면서 신이 난 듯했다.

"계약서를 좀 가져와. 그럼 내가 내용증명을 써 줄 테니 친구는 그대로 집주인에게 보내기만 하면 돼."

"계약서는 가져올 수 있는데, 내용증명은 어떻게 하는 거야?"

"간단해. 내용증명이라는 것은 공공기관인 우체국을 통해서 내용물의 발송 사실, 발송 시기, 수취인 및 수취 시기를 증명하는 거야. 서로 보냈냐, 받았냐 하는 문제를 해결하는 방법으로 이용하는 거지."

김은혜는 내용증명에 대하여 아주 쉽게 설명했다.

"같은 내용의 문서를 3부를 작성하여 상대방에게 1부를 보내고, 발송인과 우체국이 각 1부씩 보관하는 거야. 집주인에게 보내면 누가, 언제 받았는지를 증명하게 되는 거지. 서로 얼굴 보지 않고 말하고 싶은 내용을 확실하게 주고받을 수 있는 제도야."

"아, 이제야 알겠다. 어떻게 하면 나도 친구처럼 그렇게 될 수 있을까? 부럽다."

"무슨 소리? 나보다 몇 배는 더 똑똑한 기자 출신이 왜 그러시나?"

"나도 친구처럼 공인중개사가 될 수 있을까?"

"당연하지."

"정말로?"

"그럼. 공인중개사 시험만 합격하면 바로 자격증이 나오고, 개업하면 되니까. 말 나온 김에 친구도 한번 해볼래? 친구가 시험 공부를 시작한다면 내가 적극 지원할게."

"내가 과연 해낼 수 있을까?"

"친구는 하고도 남을 것 같은데. 그 대신 공인중개사 시험에 합격하면 나랑 같이 하기다?"

"그럼, 당연하지."

"자, 그럼 약속하자. 공인중개사 합격하면 나랑 동업하는 걸로. 약속!"

김은혜는 새끼손가락을 굽혀서 나한테 내밀었다. 둘은 새끼손가락을 걸고 서로 흔들었다.

"약속한 거다. 지난번 약속은 과거는 묻지도 따지지도 말자는 약속이었고, 오늘은 나예주가 공인중개사 시험에 합격하면 나랑 동업하는 거 약속한 거다."

"알았어, 친구야. 약속할게."

둘은 한바탕 웃고 나서 커피를 마셨다.

"전 기자랑 밥 먹기로 했는데 같이 갈까?"

김은혜는 나를 보면서 물었다.

"아니. 둘이서 밥 먹고, 이곳으로 와. 나는 그 사이에 집에 가서 계약서 가져올게. 오늘 중으로 내용증명을 보내야지."

"맞다. 그렇게 해. 이따가 2시쯤 이곳에서 만나."

나는 부동산을 나와서 집으로 걸어왔다. 뭔가 해결 방안을 찾은 것 같아 마음이 한결 가벼워졌다.

나는 계약서를 챙겨서 다시 샬롬부동산으로 갔다.

전인숙은 식사만 하고 먼저 갔고, 김은혜는 내가 가져온 부동산계약서를 보면서 집주인에게 보낼 내용증명서를 만들었다.

임대인이 삼익빌라 201호에 실제 입주할 것인지 여부를 명확하게 밝혀 주기 바랍니다. 임차인은 개정된 부동산 임대차 계약법에 따라 임대차 갱신 요청을 하는 바입니다. 즉, 2년간 연장 거주를 요청합니다. 따라서 귀하께서 요구한 7월 29일 이사는 사실상 수용하기 어렵고, 추후 시시비비는 법원이 판단한 그대로 따르겠습니다.

김은혜가 방금 인터넷사이트에 입력했던 내용물을 출력해서 첨부했다. 나는 곧바로 우체국으로 가서 내용증명을 접수했다.

내용증명을 보낸 지 며칠 만에 집주인으로부터 전화가 왔다.

"이사 갈 준비를 해야지, 왜 나한테 내용증명을 보내고 그래요?"

"세입자 사정도 좀 생각하셔야지요. 직접 주인께서 진짜로 이사 오실 건가요?"

"그게 댁한테 뭐가 중요하죠?"

"이사를 오지 않는다면, 제가 좀 더 살아야 해서요."

"이미 당신한테 이사하라고 수차례 통보를 보냈을 텐데요?"

"그야 그렇지만요. 그래서 제가 좀 뵙자고 한 건데…"

"그리고 인터넷에 올린 건 또 뭐야?"

집주인은 인터넷에 올린 글을 이야기하면서 한층 더 신경질적으로 변했다.

"하도 답답해서 올린 겁니다. 법이 바뀌어서 1회에 한해서는 계약 갱신이 가능하잖아요. 임대 사업하는 분이니 잘 아실 텐데요."

"난 당신하고는 더 할 말이 없으니 무조건 집을 빼세요."

"계속 그렇게 말씀하시면, 약자는 법에 호소할 수밖에 없네요. 나중에 법정에서 봐요."

"뭐야! 이년이 정말 개판이네!"

"이젠 욕까지 하시네요. 집주인은 세입자에게 욕을 해도 되나요?"

"뭐야? 정말로⋯."

"지금까지 대화한 내용은 다 녹음되어 있으니 나중에 법정에서 들어봐요."

"여보세요! 여보세요!"

나는 일방적으로 전화를 끊었다. 집주인은 전화를 끊은 이후에도 몇 차례 더 전화를 해왔지만, 받지 않았다.

기자 시절 상대방과 심하게 싸우고 나면 대화 내용이 다 녹음되어 있고, 나중에 경찰서나 법원에서 만나자고 하면 웬만한 사람은 기가 죽었다.

내가 주인에게 싸움을 걸었으니, 이젠 본격적으로 싸움이 시작된 것이었다. 나는 가족을 위해 물러서지 않고 용감하게 싸울 생각이었다.

나는 집주인과 전화한 내용을 김은혜에게 그대로 전해줬다.

"역시 기자 출신 맞네. 잘했어."

"주인한테는 좀 미안하고 그렇다. 이제부터는 내가 알아서 할게. 친구는 역할을 다 했어."

"그래, 친구야. 언제든지 막히면 연락해. 혼자 끙끙대지 말고."

"알았어, 친구야."

집주인과 통화를 한 지 이틀이 지나자 황금부동산에서 전화가 왔다.

"이사 관련해서 집주인한테 연락이 왔는데, 잠시 우리 사무실로 나와 주실래요?"

"예. 그런데 무슨 일이죠?"

"사모님한테 나쁜 일은 아니니깐, 일단 나오셔서 말씀 나누시죠?"

"예. 바로 나가겠습니다."

나는 바로 황금부동산으로 갔다.

부동산 사무실 한쪽에는 검은색 선글라스를 낀 40대 초반 여성 한 명이 앉아 있었다. 직감적으로 그 여자가 집주인일 거라고 생각했다. 팔짱을 끼고 발을 꼰 채 앉아서 내가 들어올 때부터 나를 위아래로 힐끗 쳐다보았기 때문이었다.

황금부동산 김 사장은 나를 보자 반갑게 인사를 했다.

"사모님, 어서 오세요!"

"예, 사장님."

"이분이 집주인이신데 아시죠?"

역시 내 예상대로였다.

"아, 반갑습니다. 처음 뵙겠습니다."

집주인 여자는 기분이 언짢다는 투로 퉁명스럽게 대답했다.

"저도 처음 뵙네요. 댁은 뭐가 그렇게 당당하세요? 남의 집에 사는 주제에…."

나는 그 말에 집주인 여자를 똑바로 쳐다보면서 소리쳤다.

"뭐야? 셋방 사는 사람이 그렇게 우습게 보여요? 공짜로 사는 것도 아닌데 집주인이 무슨 벼슬이라도 되는 줄 아세요?"

내가 집주인 여자와 만나자마자 말다툼을 시작하자, 김 사장은 영 불편한 기색이었다.

"잠깐만요. 두 분 좀 진정하세요. 임대인 사장님은 월세에서 전세로 전환하고 싶어 하시는데, 임차인 의견을 들어보려고 모인 겁니다."

"월세를 전세로 하겠다는 말이죠?"

나는 김 사장의 말을 확인했다.

"예, 그렇습니다."

집주인이 끼어들었다.

"집주인이 경제 여건상 월세를 전세로 변경하는 것은 법적으로도 허용되니깐, 전세로 해주실 거면 재계약을 하고요. 전세가 어려우면 집을 비워주시죠?"

"처음부터 그렇게 말씀하셨으면 우리도 전세금 준비를 했을 텐데, 주인이 실제 입주한다고 거짓말을 하는 바람에 제대로 준비를 못 했네요."

"여러 말 할 거 없어요. 법을 좋아하시니 주인이 경제 사정상 월세를 전세로 바꾸는 것은 법으로 허용된다는 것쯤은 알고 있을 거 아니에요? 월세를 전세로 해주든지, 아니면 집을 비워주세요."

나는 주인의 말에 내심으로는 안심이 되었다. 영광이가 전세 자금 대출을 받을 수 있다는 사실을 알았기 때문이었다.

"알았어요. 이젠 제가 따를 수밖에요."

"…"

"전세금은 얼마로 하시나요?"

"그야 월세를 전세가액으로 환산해서 받아야죠. 법을 좋아하는 분인데…. 2주 시간을 드릴 테니 그때까지는 확답을 주세요. 그리고 계약서는 여기 있는 김 사장하고 쓰면 돼요. 아셨죠?"

"예, 알겠어요."

집주인은 그 말을 하고는 벌떡 일어나서 밖으로 나갔다. 그녀가 부동산 밖으로 나가자마자 검은색 벤츠 승용차가 그녀를 태우고 빠르게 어디론가 떠났다.

집주인이 떠난 뒤 황금부동산 김 사장은 안도의 한숨을 쉬면서 말했다.

"사모님. 일단은 잘됐어요. 저 사장님이 세입자와 계약할 때 직접 나타나는 일은 거의 없었어요. 또 월세를 전세로 전환한다니, 이젠 전세금만 준비하면 2년 동안은 더 살 수 있는 겁니다. 나도 작년부터 집주인 위탁계약을 해왔는데, 바늘로 찔러도 피 한 방울 안 나올 만큼 깐깐하고 냉혹한 사람이에요."

"사장님, 그동안 고생하셨어요. 은행에서 전세 자금 대출을 받아야 하는데 가능하겠죠?"

"그럼요."

"고마워요."

"사모님이 어떻게 집주인을 이토록 순하게 만들었는지 궁금하네요."

"진실은 거짓을 이기는 거죠."

"전세 자금 대출을 받으려면 전세계약서를 제출해야 하

니 대출 준비되면 나오세요."

"감사합니다, 김 사장님."

"뭘요. 이웃인데 서로 도와야죠."

"전세금은 얼마로 하는 건가요?"

김 사장은 전자계산기를 탁탁 치면서 메모를 했다.

"월세를 법으로 정한 전세가로 환산하면 전세금은 3억 원이네요."

"예, 잘 알겠습니다."

나는 부동산을 나오면서 큰 싸움에서 이긴 것 같은 승리의 쾌감을 느꼈다.

기자 시절 반대하는 윗사람을 설득해서 기사화했을 때와 비슷한 느낌이었다.

부동산을 나오자마자 김은혜에게 전화를 했다.

"친구야. 집주인을 만나서 전세 3억 원으로 2년 재계약하기로 했다."

"오! 잘됐다. 월세를 전세로 전환하면서 금액도 법정 금액으로만 했네."

"다 친구 덕분이다. 고마워."

"나야 뭐 한 일이 있나? 친구가 해낸 거지. 그럼 얼른 전세 계약을 준비해야겠다. 친구도 집 때문에 수모를 겪는 것이 이번이 마지막일 거야."

"그래야지. 친구야, 그런데 좀 이상한 것이 하나 있어."

"뭔데?"

"집주인이 겉으로는 거만을 떨었지만, 실제로는 나한테 유리한 방향으로 진행시켰거든. 집주인이 뭔가 좀 어색하고 찜찜했어."

"뭐가 찜찜해? 법대로 된 거지."

"부동산 사장 말로는 집주인이 임차인을 직접 만난 것이 이번이 처음이래."

"그야 나예주가 세게 나가니깐 주인도 겁을 먹었겠지. 기자 출신 기세가 어디 가겠어?"

"아니야. 그런 게 아닌 것 같아. 솔직하게 말해줘."

김은혜는 잠시 머뭇거리다가 말했다.

"이제 다 잘됐다니 말해도 되겠지. 전 기자가 전화 한 통 넣었더니, 집주인이 겁을 팍 먹은 것 같다. 알았냐?"

"뭐 하려고 그랬어?"

"친구가 어려운 일을 겪고 있는데 나 몰라라 하는 사람을 친구로 두면 안 되지."

"그래. 친구야, 고맙다."

오늘 집주인을 만나면서 느꼈던 의문이 한순간에 싹 풀렸다.

　결국 영광이가 전세 대출을 받아 지금 집에서 2년 더 살기로 재계약을 했다.

도미부인의 환생

만남과 인연은 남녀를 사랑으로 인도한다.
그 사랑은 정직함과 용기의 토양에서만 살아남을 수 있는 것이다.

전세 재계약으로 이사 문제가 해결되자, 마음에 약간의 여유가 생겼다.

오랜만에 편한 마음으로 샬롬부동산에 갔다. 김은혜와 전인숙이 커피를 마시고 있었다.

"전 기자! 오랜만이다. 내가 방해된 건 아닌지 모르겠다."

갑자기 나타난 나를 보고는 두 사람은 약간 놀라면서 어서 들어오라고 손짓을 했다.

"방해는요? 그냥 놀러 왔어요. 언니도 뵐 겸 해서요."

"…"

"언니, 아침에 데스크에서 갑자기 취재 명령이 떨어지는 바람에 언니한테는 미처 전화도 못 하고 바로 김은혜 사장님한테 왔네요."

"무슨 취재 명령?"

"전 기자님이 하남시 갭 투자 세력과 위장 전입 실태를 취재한다지 뭐야."

김은혜가 재빠르게 끼어 들었다.

"아, 그래? 데스크에서 취재 명령을 아주 정확하게 내렸네."

"예? 언니도 그런 문제를 아세요? 지난번에 만났을 때에는 부동산에 전혀 관심이 없는 것 같던데요. 그래서 말씀 못 드렸는데…."

전인숙은 내 말에 내심 놀라는 눈치였다.

"인숙아! 살아 있는 사람은 하루에도 몇 번씩 바뀔 수 있는 거야. 물이 위에서 아래로 변화무쌍하게 흐르듯이 말이야."

"우와! 예주 언니, 날마다 변할 수 있는 유연함이 놀라워요."

이야기를 듣고 있던 김은혜가 나섰다.

"예주 친구가 오늘부터 공인중개사 자격시험을 준비하기로 했어요. 어제의 나예주는 이미 없어요. 저랑 약속했거든

요."

그 말을 듣고, 전인숙은 놀란 표정으로 두 사람을 번갈아 쳐다보았다.

"언니, 축하해요. 역시 멋진 선배님이세요. 저도 같이하면 안 될까요?"

"뭐? 기자가 공인중개사 공부를 한다고? 나같이 집에서 노는 사람들이나 하는 거지."

"언니, 사실은 저도 기자 그만두려고 해요."

"왜? 무슨 일 있었어?"

"이젠 열정도 식었고요. 순발력도 떨어져요. 위에서 시키는 취재나 하는 삼류 기자가 되었으니…."

전인숙은 말을 하다 말고 한숨을 크게 내쉬었다.

"인숙아. 아니야, 아직은…."

"아니에요, 언니. 그만둘 때가 이미 지났어요."

"무슨 소리야? 천하의 전인숙 기자가?"

"고등학교 2학년인 애들한테 관심도 가져야 하고, 젊은 부장 모시기도 그렇고 해서요."

분위기가 다소 무거워지자 김은혜가 나섰다.

"전 기자님도 공인중개사 자격시험 준비한다면 제가 물심양면으로 지원할 테니, 합격하면 예주하고 셋이서 함께

일할래요?"

"저야 끼워만 주신다면 영광이지요."

"좋아, 그럼 이리 모여 봐요. 삼국지에서 유비, 관우, 장비가 도원결의를 했듯이 우리 셋도 '샬롬결의'를 합시다."

"샬롬결의요?"

김은혜는 재빠르게 자신의 새끼손가락을 두 사람에게 내밀었다. 전인숙이 먼저 새끼손가락을 김은혜의 손가락에 걸었고, 얼떨결에 나도 새끼손가락을 내밀어 걸었다. 그러자 김은혜가 약지를 모두 끼운 채 위아래로 흔들었다.

"잠깐만. 삼국지의 도원결의는 난세를 평정하여 백성을 구하겠다는 대의와 목표가 있었는데, 샬롬결의도 목표와 비전이 있어야 하는 거 아닌가?"

"맞다. 역시 기자 출신은 날카로워."

내 말에 김은혜가 맞장구를 쳤다.

"예주 언니 말대로 목표를 정하죠. 우선 공인중개사로서 자신이 가장 하고 싶은 일을 하나씩 말해보세요. 거기서 최대공약수를 찾으면 될 것 같은데요."

"역시 기자는 다르다. 달라."

"난 갑질하는 임대인으로부터 임차인을 돕는 상담과 컨설팅을 하고 싶어."

김은혜가 먼저 말했다.

"전 정부나 언론이 잘못된 부동산 정책이나 뉴스를 전파하는 것을 바로 잡는 일을 하고 싶어요. 팩트를 제대로 찾아 알리는 거죠."

전인숙이 두 번째로 말했다.

"오? 두 사람은 목표가 뚜렷하네. 난 젊은 사람들에게 부동산에 관한 올바른 이해와 참교육을 해주고 싶어."

내 말이 끝나자마자 김은혜가 나섰다.

"우선 세 명 모두 컨설팅이나 교육에 가깝네. 맞죠?"

"네. 그러네요."

"그럼 교육은 나예주가 담당하고, 컨설팅은 내가 하고, 전 기자는 교육과 컨설팅의 기초인 팩트 체크를 하면 어떨까?"

"오호? 역시 은혜 언니다워요."

전인숙이 김은혜를 언니라고 부르면서 맞장구쳤다.

"언니들! 샬롬결의를 했으니 우린 피를 나누지는 않았지만 자매 맞죠?"

"그럼. 자매지. 의자매!"

김은혜가 그 말을 하면서 나를 바라봐서 나도 고개를 끄덕였다.

"그럼 내가 막내인 것은 맞는데, 누가 큰언니고, 누가 작은언니죠?"

전인숙의 말에 김은혜와 나는 동시에 서로의 얼굴을 쳐다보았다.

"인숙 아우 말이 백번 옳다. 난 5월생인데, 예주 친구는?"

"난 3월인데?"

김은혜의 물음에 나는 얼떨결에 대답했다.

"그럼, 예주 언니가 큰언니네. 은혜 언니가 작은언니고."

"나이가 같으니 친구지? 무슨 언니 동생이니? 난 그냥 친구 사이가 좋아."

"언니. 쌍둥이는 1분만 먼저 나와도 언니 동생인데, 샬롬 결의로 우리 셋이 자매의 연을 맺기로 했으니깐 언니 동생은 정해야 한다고 생각해요."

"맞다. 인숙이 말에 난 대찬성이다. 예주 언니! 앞으로 언니로 잘 모실게요."

"아이고 무슨…."

"자, 그럼 예주 언니가 큰언니고, 은혜 언니가 작은언니입니다."

전인숙이 재빠르게 서열을 정했다.

"언니들. 오늘 난 언니가 두 분이나 생겨서 너무 기뻐요."

"나도 언니 한 명과 동생 한 명이 생겨서 너무 좋다. 예주 언니는?"

김은혜가 나를 언니라고 부르면서 말하자, 난 너무 어색해서 얼굴이 빨개질 정도였다.

"난 좀 얼떨떨해."

그러자 전인숙이 나섰다.

"예주 언니! 세상에는 공짜가 없는 법이에요. 샬롬결의를 했으면 제대로 해야지요. 기사도 형식이 좋아야 내용도 좋다고 언니가 늘 말씀하셨잖아요."

"…"

잠시 어색한 분위기가 이어졌다.

"그래. 나도 동생이 두 명이나 생겨서 너무 좋다. 어릴 적부터 동생 있는 친구가 그렇게 부러웠는데…."

그제야 김은혜와 진인숙은 서로 오른 손바닥을 맞부딪치면서 좋아했다.

"이제 샬롬결의가 절반은 이루어졌네요."

진인숙은 흐뭇한 표정을 지어 보였다.

"인숙 아우. 샬롬결의가 완성된 게 아니고, 절반만 이루어진 거야? 그럼 뭐가 또 남은 거지?"

김은혜가 궁금하다는 표정으로 전인숙에게 물었다.

"예, 작은언니. 아직 절반 남았어."

"그 절반이 뭔데?"

전인숙이 잠시 말을 하지 않고 뭔가 생각하는 듯하자, 김은혜는 긴장하는 눈치였다.

"언니들. 자매지간이라면 서로 비밀이 없어야 하잖아요."

"…"

"인숙아. 또 무슨 말을 하려고?"

나는 전인숙에게 어색한 분위기를 만들지 말라는 투로 말했다.

"언니. 막내로서 언니들에게 궁금한 것 딱 하나씩만 물어볼게요. 물론 언니들도 제게 궁금한 것 있으시면 뭐든 물어보세요."

"아우야, 뭐든 물어봐. 이 마당에 뭘 숨기겠어. 동생 하나 얻기가 그리 쉬운 일이 아니지. 그럼."

김은혜는 약간은 궁금한 표정으로 전인숙을 쳐다보면서 말했다.

"예, 작은언니. 그럼 먼저 언니한테 궁금한 거 있는데 물어볼게요."

김은혜는 조금 전과는 달리 긴장하는 표정이 역력했다.

"작은언니가 지금까지 혼자 사시는 이유가 정말 궁금했어요."

"인숙아. 뭘 그런 걸…."

내가 분위기를 바꾸려고 했지만, 내 말을 끊으며 김은혜가 말했다.

"괜찮아. 말할게. 사실은 전에 예주 언니랑 이곳에서 이야기할 때 말을 할까 말까 망설였는데 그때는 용기가 없어서…. 역시 동생이 생기니 말하기가 한결 편하네."

김은혜는 잠시 생각에 잠겼다.

"내가 혼자인 것은 지금 하남에 살게 된 이유이기도 해."

"예? 무슨 말인지…."

"내가 혼자 살게 된 이유는 '도미부인' 때문이야."

"뭐? 도미부인 때문에 지금까지 혼자 살았다고?"

나는 김은혜의 말에 깜짝 놀랐다.

"작은언니. 도미부인이 누군데요?"

전인숙은 둘이 지금 무슨 말을 하고 있는지 모르겠다는 듯 묘한 표정을 지었다.

"인숙아. 도미부인은 《삼국사기》와 《백제본기》에 나오는 도미라는 남자의 아내야."

"그래요?"

"도미부인은 절세미인에다 절개가 으뜸인 한성 백제 시대 여인이었어. 그리고 그 설화의 배경이 바로 이곳 하남이야."

"아, 그래요? 그렇게 유명한 설화를 내가 몰랐다는 것이 부끄럽네요."

"아니야. 사실은 나도 하남에 살면서 알게 됐어."

전인숙과 나의 대화를 조용히 듣고 있던 김은혜가 차분한 목소리로 말했다.

"그게 바로 역사의 수레바퀴야."

"역사의 수레바퀴요?"

전인숙은 방금 한 말이 더욱 궁금하다는 듯이 김은혜를 물끄러미 쳐다보았다.

"응. 패자의 역사는 기록에 남지 않거든. 설령 남아 있어도 관심에서 멀어진다는 말이야. 수레바퀴가 망가지면 굴러가지 않듯이 말이야."

"듣고 보니 그렇네요. 그런데 언니가 지금까지 결혼하지 않고 혼자 사는 것이 왜 도미부인 때문이에요?"

전인숙은 김은혜의 말이 도통 이해가 가지 않는다는 표정을 지었다.

"인숙 아우. 도미부인의 삶이 바로 내 삶이야."

"언니, 전 도무지 하나도 이해할 수가 없네요. 좀 천천히 설명해보세요."

"나는 부여에서 태어나 공주에서 중고등학교를 다녔어. 대학은 서울에서 다녔고."

"그래서요?"

"묘하게 나는 백제국 수도의 변천과 정반대로 이주한 셈이지. 백제는 위례(한성)에서 시작해서 웅진(공주)을 거쳐 사비(부여)로 이전을 했으니깐."

"듣고 보니 그러네요."

"내가 대학에서 사학과를 선택한 것도 바로 백제에 대한 궁금증 때문이었지."

"그래요?"

"대학에서 만난 선배와 사랑을 했는데, 그 선배는 대학을 졸업하고 미국으로 유학을 갔어."

"그래서요?"

"둘이 졸업 논문으로 도미부인에 대한 연구를 했거든. 그때 그 선배는 도미, 나는 도미부인이 되기로 서로 약속을 했지."

"결혼을 약속한 거네요?"

"그렇지."

"그런데요?"

"그 선배가 미국에 가 있는 동안 나를 속이고 다른 여자와 결혼한 거야."

"예?"

"그 선배는 내게 결혼했다는 사실을 감쪽같이 숨기고 7년 동안이나 나한테 편지를 계속 보낸 거야."

"언니를 완벽하게 속여온 거네요?"

"그런 셈이지."

"그동안 언니는 미국에 한 번도 안 갔어요?"

"응. 내가 미국에 가겠다고 하면, 이런저런 핑계를 대고 오지 못하게 하더라고."

"그래서요?"

"할 수 없이 내가 아무한테도 알리지 않고 무작정 미국에 가서 선배를 만났는데…."

"그런데요?"

김은혜는 더 말을 잇지 못하고 눈물을 손수건으로 닦아냈다.

"선배는 결혼해서 아이도 낳고 잘 살고 있더라고."

"이런 나쁜 놈 같으니라고."

김은혜의 말에 나도 모르게 욕이 나왔다. 전인숙도 크게 한숨을 내쉬면서 말했다.

"애까지 낳고 살면서 그 선배는 왜 언니를 속였대요?"

전인숙의 질문에 김은혜가 한숨을 크게 한 번 내쉬고는 천천히 말했다.

"도미와 도미부인의 약속을 나와 했으니, 그걸 깨기가 두려웠나 봐. 나한테 말할 엄두가 나지 않았대."

"그런 놈이 바람은 왜 피워!"

나도 모르게 화가 치밀어 올랐다.

"선배는 내가 자신을 기다리다 지쳐서 변심하고 다른 남자를 만나기만 기다렸대요."

"정말 비겁하다, 비겁해. 난 그 남자를 알다가도 모르겠다."

"저도요. 아마 그 선배라는 사람도 결정장애가 있는 것 같아요. 결정장애!"

전인숙은 확신에 찬 목소리로 말했다.

"그런 일을 겪고 나니 그 이후로는 남자를 만나지 못하겠더라고."

"그때 얼마나 충격이 컸을까?"

나는 김은혜를 따뜻하게 안아주었다.

"언니, 도미와 도미부인 이야기 좀 해주세요. 궁금하네요."

나와 김은혜는 전인숙의 말에 아랑곳하지 않고 한동안 서로를 껴안고 있었다.

"인숙아. 도미와 도미부인은 백제의 금실 좋은 평범한 부부였어. 도미부인은 절세미인인 데다 절개가 있었지. 백제 개루왕은 도미부인의 절개를 시험하기 위해 온갖 모략을 꾸며댔지만, 도미부인은 남편을 향한 일편단심으로 개루왕의 유혹을 거절했지. 그러자 개루왕은 화가 나서 도미의 두 눈알을 뽑고 배에 태워 강에 버렸어. 개루왕은 도미부인을 후궁으로 삼으려 했지만, 도미부인은 왕을 속이고 도망쳐 한강에서 배를 타고 백제국을 탈출해 천성도에 도착했어. 그곳에서 앞을 보지 못하는 남편 도미를 만나 잘 살았다는 설화야."

"이야, 정말 감동적인 러브 스토리네요."

"도미부인 설화의 중심이 몽촌토성인지, 아니면 풍납토성인지, 그것도 아니면 하남 춘궁동인지 논쟁이 있어. 그런데 하남이 가장 오랫동안 주장된 곳이긴 해."

"그렇군요."

"큰언니는 하남이 좋은 이유가 뭐라고 생각하세요?"

"난 하남이 해 뜨는 마을이라서 좋아."

"해 뜨는 마을이요?"

"한강의 동쪽에 위치한 하남은 해가 가장 먼저 뜨는 곳이지. 게다가 공정과 소통의 도시이기도 하고. 난 그래서 하남이 더 좋아."

"하남이 동쪽에 위치해서 해가 먼저 뜨는 곳인지는 알겠는데요. 왜 공정과 소통의 마을이죠?"

"응. 하남에는 덕풍시장과 신장시장이라는 재래시장이 있거든. 시장은 지속적인 거래가 이루어지는 곳이고, 공정하지 않으면 지속될 수 없겠지. 그리고 시장은 소통의 장이잖아. 지방에서 사람이나 물건이 서울로 오려면 한강이 있는 하남을 거쳐야 했거든. 하남이 창고업이 발달한 이유이기도 해."

"하남에 있는 상사창동, 하사창동이라는 지명도 창고倉庫가 있는 마을이라는 의미거든."

김은혜가 거들었다.

"언니들 말을 듣고 보니 하남을 조금 더 알 것 같네요."

"인숙아. 나도 궁금한 거 하나만 물어볼게."

"예, 큰언니. 뭐든지 물어보세요."

"요즘처럼 힘든 시기에 직장을 그만두려는 진짜 이유가 뭐야? 애들도 어렵게 다 키워놓고."

"언니. 직장 후배들이 밑에서 치고 올라오는데 내가 버티면 결국 장해물이 되고, 그러면 힘 있는 후배들은 어떻게든 나를 몰아내게 될 거예요. 불명예스럽게 밀려나기보다는 눈치껏 내 발로 나가는 것이 덜 서럽잖아요."

"천하의 전 기자를 누가 밀어내겠어?"

"아휴, 언니도. 쌍둥이 키우면서 열정과 총기가 다 빠졌어요."

"그런데 인숙 아우. 좀 더 솔직해질 수 없을까?"

갑자기 김은혜가 전인숙을 똑바로 쳐다보면서 말했다.

"언니, 무슨 말씀이세요?"

"치고 올라오는 후배한테 밀려나는 것이 두려워서 직장을 그만둔다는 것이 나는 도무지 이해할 수 없어. 동기생에게 승진이나 뭐 이런 것으로 밀려서 그만둔다면야 모를까."

김은혜의 말에 나도 전인숙의 얼굴을 쳐다보았다.

"언니, 나 어쩌면 좋아요."

전인숙이 한숨을 크게 내쉬며 천장을 쳐다보는가 싶더니, 갑자기 울먹였다.

"언니. 나 남편하고 이혼할 거예요."

"뭐라고? 무슨 소리야!"

전인숙의 말에 나도 모르게 목소리가 커졌다.

"언니, 남편하고는 더는 살 수가 없어요."

"…"

전인숙의 뜻밖의 말에 나와 김은혜는 아무 말도 할 수가 없었다.

"그놈이 바람을 피웠어요."

그 말을 하고는 눈물을 글썽거렸다.

"뭐라고? 바람을 피웠다고?"

"예, 예주 언니. 나는 쌍둥이를 키우며 직장 다니느라 힘든데, 그놈은 바람이나 피우고 있었어요…."

"나쁘다, 정말로."

"…"

"미친놈이다. 그놈이 바람을 피운 상대가 대체 누구야?"

"고등학교 여자 동창이요."

"그럴 사람으로 안 봤는데…. 너도 그 여자를 알아?"

"예. 남편의 친구라고 해서 연애할 때 몇 번 만난 적이 있었어요."

"언제부터 그 여자를 만났다고 하니?"

"5년 전에 그 여자가 이혼을 하면서 만나기 시작했대요."

"가정이 있는 사람이 이혼한 여자 친구는 왜 만나?"

김은혜가 답답하다는 듯이 끼어들었다.

"남편은 그 여자와는 그런 사이가 아니라고 펄쩍 뛰는데, 어느 여자가 그 말을 믿어요."

"그럼, 남편이 그 여자와 깊은 관계라는 증거는 없다는 말이니?"

"예, 언니. 결정적인 물증은 없어요."

"그럼, 인숙이가 생각하는 그런 관계가 아닐 수도 있는 것 아닐까?"

"이혼 사유인 부정행위가 다른 이성과 꼭 성관계를 갖지 않더라도 부부의 정조의무에 충실하지 않은 일체의 행위를 포함하잖아요. 이혼에는 문제없어요."

"그동안 마음고생이 얼마나 컸을까?"

"남편은 자기는 떳떳하다고 하면서 앞으로 그 여자를 더 이상 만나지 않겠다는 약속은 하지 않아요. 그런 남편과 어떻게 살아요."

"그래? 남편도 좀 이상하다."

"저도 몰랐는데 남편이 착하기는 해도 무슨 결정을 못 내리고 질질 끄는 면이 있어요. 특히 옛것을 정리하지 못하는 그런 현상이요. 지금까지 잠실주공아파트에 사는 것도 그런 성격의 일면인 것 같아요."

"옛것에 지나치게 집착하는 증세도 정신과적으로 문제라고 하더라."

"인숙아. 잘 생각해. 이혼은 한번 생각하면 결국은 이혼할 수밖에 없다고 하더라. 자기 확신의 수렁 속으로 빠져들면 빠져나오기 어렵다고들 하더라고. 그래서 옛 어른들이 그런 걸 한번 불다가 사라지는 '바람'으로 표현했는지 몰라."

"전 그런 남자와 계속 살 수는 없어요."

"그래, 인숙아. 시간을 갖고 현명하게 잘 판단해. 그리고 우리가 곁에 있다는 사실을 기억해주었으면 좋겠어. 의자매잖아."

"예, 언니. 고마워요."

"내가 하남으로 이사 온 이유가 궁금하지? 사실은 나를 많이 도와준 권사님의 부탁을 거절하지 못하는 바람에 진 빚 때문에 둔촌주공아파트를 날리게 돼서 하남으로 이사 온 거야."

"그랬어요?"

"나를 많이 도와준 권사님의 부탁을 과감하게 거절하지 못한 나의 우유부단이 문제였어."

"아, 그랬군요. 사람이 산다는 게 참 어려워요."

"오늘 샬롬결의는 이 정도로 하자. 모두 아픈 사람들끼리 모였다. 우리 셋은 정말 운명 같은 만남이다."

김은혜가 전인숙과 나를 보면서 말했다.

"그래. 어느 집이든 안방 문을 열고 들어가면 다 문제와 상처가 있다고 하잖아. 그 상처는 완전하게 치유되는 것이 아니라 그것으로부터 자유로워져야 한다는 말이 있어."

"예, 언니. 우리 셋이서 변치 말고 오랫동안 잘 살아요."

"그러자."

죽은 자가 남기는 비밀

모든 죽음은 비밀을 남겨 둔다.
비밀을 다 알게 되면 제대로 눈을 감을 수 없기 때문이다.
물이 빠지고 나면 물속에 숨겨진 비밀이 다 드러나듯이
죽음 이후에는 숨겨진 비밀들이 모두 드러난다.

2020년 8월 1일 목요일

　집 이사 문제가 해결되자, 집안 분위기는 빠르게 평온을 되찾았다.

　남편과 아이들이 달라진 내 모습에 조금은 낯설어했다. 남편은 내 눈치를 더 보는 것 같았고, 아이들은 나를 실질적인 가장으로 보는 것 같았다.

　영수와 영서는 뭐가 그리 바쁜지 밤늦게 들어와서 잠만 자고는 이른 새벽에 집을 나섰다. 집 문제가 해결되고 나니 영수와 영서가 무슨 일로 바쁜지 궁금해졌다.

　"영광아. 영수하고 영서가 요즘 왜 그렇게 바쁜지 아니?

엄마는 통 얼굴 볼 틈도 없다."

"엄마. 영수와 영서가 무슨 일로 바쁜지 정말 모르세요?"

"무슨 일이 있었니?"

"영수는 2학기 휴학하고, 공무원 시험 준비하고 있고요. 영서는 병원을 그만두고 간호대학 진학한다고 수능 공부를 하고 있어요."

"그래? 정말이니?"

"…"

나는 영광이의 말에 깜짝 놀라면서도 그동안 아이들한테 무관심했던 나를 자책했다.

"영광아. 네 생각은 어떠니?"

"영수와 영서가 결정했으니 일단 믿고 싶어요."

"영수가 휴학하고 공무원 시험 준비하는 것에 대한 네 생각은?"

"전 찬성이에요. 요즘 대학을 졸업해도 취직이 어려워 졸업장이 큰 의미가 없잖아요."

"대학이 꼭 취직하려고 다니는 건 아니잖아."

"그럼, 취직 말고 무슨 소용이 있을까요?"

"사람이 어떻게 살아가야 하는지, 세상에 대한 올바른 이해와 가치관 정립, 네트워크 형성, 뭐 이런 것이 더 중요한 것이 아닐까?"

"솔직히 전 아직 대학 문턱에도 못 가봐서 잘 모르겠네요."

"아, 미안하다. 그런 뜻은 아니었는데…."

나는 영광이가 대학 입시에 실패한 걸 깜빡 잊고 그렇게 말했다.

"괜찮아요, 엄마."

"영서는 다니던 병원을 언제 그만두었니?"

"퇴직한 건 맞는 것 같은데, 자세한 이야기는 나한테도 잘 안 해요. 병원을 그만두었다는 것도 얼마 전에 영수한테 들었어요."

"왜 그만두었다고 하니?"

"영수 말로는 간호사가 되겠다고, 다시 대학 입시를 준비하는 것 같아요."

"알았다. 엄마가 미안하구나. 내가 정신을 어디에 두고 사는지, 원."

"엄마도 바쁘셨잖아요. 그동안 집 이사 문제와 제가 속을 썩여서요."

"네가 무슨 속을 썩여? 넌 요즘 무슨 공부를 하니?"

조금 전과는 달리 내 물음에 영광이가 침묵하자, 약간 긴

장되었다. 지난번처럼 또 폭탄선언이라도 할까 봐서 지레 겁을 먹은 것이다.

"대학 입시를 다시 준비할 생각이에요."

"그래?"

영광이가 다시 대학 입시를 준비한다는 말에 깜짝 놀랐지만, 속으론 안심이 되었다. 이미 삼수를 했고, 군 제대하고는 돈을 벌겠다고 일을 다녔기 때문이다.

"엄마는 네 결정에 대찬성이다."

"…"

"어떻게 그런 큰 결심을 하게 되었어?"

"지금은 말씀드릴 수 없어요."

"왜?"

"약속을 지켜야 하기 때문이에요."

"너 혹시 사귀는 여자 친구 있니?"

"아니요."

"그럼 누구와 무슨 약속을 했기에?"

"할아버지와 약속을 했거든요."

"할아버지? 무슨 약속을 했는지 궁금하네."

"지금은 말씀드릴 수 없어요. 그것까지 약속했기 때문이에요."

"알았다. 엄마가 그 약속을 어기게 할 순 없지."

"엄마. 제가 엄마와 아빠한테 부탁할 게 있는데 말해도 돼요?"

"그럼. 뭐든지 말해봐."

"이번에 제 이름으로 전세 자금 대출을 받았잖아요."

"그랬지."

"그래서 말씀인데요. 이자를 납부해야 하고, 나중에는 제가 다 갚아야 할 책임이 있으니, 앞으로는 우리 집 지출 내역을 저에게도 좀 알려주실 수 있으세요?"

"응? 가계 지출 내역을 너한테 알려달라는 말이니?"

"꼭 그런 말은 아닌데요. 아무래도 제 이름으로 전세 대출을 받았으니, 저도 좀 알아야 할 것 같아서요."

"그래. 알았다."

영광이가 가계부를 보겠다는 말이 내게는 큰 충격이었다. 지금까지 누구도 내가 살림하는 것에 대해 간섭이나 감시한 사람이 없었기 때문이다. 영광이의 말을 듣고 보니 아들이 크면 누구보다도 두려운 존재라는 말이 문득 떠올랐다.

그날 오후 내내 영광이가 한 말이 귀에서 맴돌아 기분이 울적했다. 그날 저녁 남편과 마주 앉았다.

"여보! 영수하고 영서가 요즘 무슨 생각을 하고 사는지 알아?"

"글쎄? 영수는 대학 2학년이고, 영서는 병원에 근무하잖아."

"나도 그렇게 알고 있었는데, 둘 다 문제가 생긴 것 같아서."

"무슨 문제?"

아침부터 시장에 가서 닭고기를 구입해 직접 손질하고, 오후부터 장사하는 바쁜 남편에게 화를 낼 수는 없었다.

"영수는 2학기에 휴학했고요. 영서는 병원을 그만두고, 간호사가 되겠다고 간호학과 입시 준비를 한대."

"그래? 영수는 어렵게 들어간 대학을 왜 휴학했지?"

"대학 다녀봐야 소용없다면서 공무원 시험 준비를 하겠다나 봐."

"그래? 영서는?"

"간호조무사로 근무하면서 힘든 일이 많았는지, 간호사가 되겠다고 병원을 그만두었대."

"그랬구나. 좀 지켜봅시다."

"…"

남편은 이번에도 지켜보자는 말만 했다. 영수와 영서 문제도 이제부터는 내가 직접 나서야겠다고 마음먹었다.

며칠 후 아침에 가방을 메고 나가려는 영수를 붙잡았다.

"영수야. 엄마랑 이야기 좀 하자. 언제 편한 시간을 알려 줘. 급한 일은 아니니깐."

"지금 괜찮으니 말씀하세요."

"너 요즘 공무원 시험 준비하니?"

"예, 엄마."

영수는 망설임 없이 대답했다.

"학교는?"

"휴학했어요."

"그래? 어렵게 들어간 대학인데 왜 휴학했니? 엄마나 아빠한테 한마디 상의도 없이."

"엄마 아빠 바쁜데 저까지 신경 쓰게 하기 싫어서요."

"그래도 귀띔이라도 해주지….'

"죄송해요, 엄마."

"대학은 언제 복학할 예정이니?"

"지금 생각 같아서는 공무원 시험에 합격하면 복학할 생각은 없어요."

"왜? 다니는 대학이 마음이 안 들어서?"

"아니요. 1년 반 동안 대학을 다녀보니깐, 대학 다니는 것이 돈과 시간 낭비 같아서요."

거침없이 말하는 영수의 태도에 놀랐다.

"지난해에는 그런 말 안 하더니 학교에서 무슨 일이 있었니?"

"대학 선배들이나 공무원 시험 준비하는 사람들이 이구동성으로 그렇게 말해요. 특히 올해는 코로나19로 1년 내내 인터넷 강의만 들었더니 더 그래요."

"아, 그렇지. 올해는 교실에서 수업한 날이 정말 며칠 되지 않았지? 온라인 강의는 오프라인 강의와 비교해서 어떤 차이가 있니?"

"온라인으로 들어보니, 작년에 들었던 오프라인 강의가 수준도 낮았고, 비효율적이었다는 생각이 들었어요."

"그래? 엄마는 잘 이해가 되지 않는다."

"강의실에서 듣는 강의는 절반 이상이 불필요한 내용인데, 온라인 강의는 불필요한 부분이 거의 없어요. 그리고 먼저 강의 일부를 들어보고 선택할 수 있어서 더 효율적이고요."

"아, 그렇구나."

"더 큰 문제는요?"

"응?"

"오프라인 강의는 한 과목에 교수님 세 명이 강의를 하는데, 온라인 강의는 그중에서 딱 한 교수님에게 집중이 돼요. 강의를 제일 잘하는 교수님으로요. 그러니 교수님들도 더 열심히 준비하게 되어 강의 질이 높아지고, 학생도 좋은 수업을 골라 들을 수 있어서 좋은 것 같아요."

"강자만 살아남는 구조구나."

"엄마도 요즘은 교회를 가지 못하시니 인터넷 예배를 보시잖아요?"

"그렇지."

"이번 기회에 엄마도 다른 교회 목사님 설교 말씀도 다양하게 들어보세요. 그럼 더 좋은 설교 말씀을 찾을 수 있을 거예요."

"난 우리 교회 목사님 설교가 제일 좋은데…."

"다른 교회 목사님 설교도 한번 들어보시기를 권해요."

"알았다. 그렇게 해볼게."

"저하고 약속하신 거예요?"

"약속? 그래 약속하마."

영수가 내게 다른 교회 목사님 인터넷 설교를 들어보라고 강하게 권하는 이유가 궁금했지만, 따로 물어보지는 않았다.

"영서, 병원 그만둔 거 알지?"

"예. 저한테 그만두었다고 말했어요."

"영서가 왜 그만둔 건지 아니? 그리고 지금은 뭐 해?"

"엄마가 영서한테 직접 물어보세요. 영서도 요즘 무척 힘들어해요."

"알았다. 그렇게 할게."

그날 저녁 9시쯤 영서가 집에 들어왔다.

"영서야. 오늘 좀 힘들어 보인다? 어디 아프니?"

"아니요. 괜찮아요."

대답을 하고는 자기 방으로 들어가려는 영서의 손을 붙잡았다.

"영서야! 엄마랑 이야기 좀 하자."

영서의 손을 잡고 안방으로 들어갔다.

"영서야. 손이 차갑다. 혹시 체한 거 아냐?"

나는 영서의 손을 양손으로 쓰다듬었다. 영서의 손은 유난히 길쭉하고 고왔다.

"엄마. 오늘 왜 그러세요?"

"영서야. 엄마가 너한테 너무 무심했다. 미안해."

"엄마는 오빠들에게만 관심이 있지, 나한테 관심을 둔 적 있으셨어요?"

"…"

"우리 집은 남자만 왕 대접을 받는 집안이잖아요."

"무슨 소리야? 우리 집안의 꽃은 영서인데."

"엄마. 오늘 제게 무슨 말씀을 하고 싶으세요?"

"엄마가 큰오빠 말년휴가 나오고부터 정신이 없었어. 미안해, 영서야!"

"그래서요?"

영서는 나에 대한 원망을 노골적으로 드러내고 있었다.

"엄마. 오빠들이 다 정리되고 보니, 이제 나한테 관심을 못 줘서 미안하세요?"

"영서야. 그렇게 말하지 마. 엄마도 힘들어."

나는 그 말을 하고는 울기 시작했다. 내가 소리 내어 울자, 영서는 미안한지 휴지를 몇 장 꺼내 내 손에 쥐어 주었다.

"엄마, 정말 미안해요."

영서도 눈물을 훌쩍거렸다. 나와 영서는 서로 부둥켜안고 한참을 울었다.

"영서야, 미안해. 엄마가 못나서…."

"엄마. 제가 못된 딸이라 엄마 맘을 몰랐어요. 죄송해요."

눈물은 부끄러움과 원망을 한순간에 날려버리는 마력이 있었다.

"네가 병원을 그만두었다는 말을 들었어. 얼마나 힘들었을까? 우리 예쁜 딸이….”

“엄마. 제가 간호사가 되겠다고 실업계 고등학교에 진학했는데 그건 간호사가 아니라 간호조무사였어요. 병원에서 일하면서 제가 생각했던 일이 아니라는 것을 알게 되었어요.”

“그랬구나.”

“진짜 간호사가 되려고요.”

“간호사가 되기 위해 병원을 그만둔 거였구나.”

“예. 간호사는 4년제 간호학과를 졸업해야 될 수 있어요. 전 간호사와 간호조무사가 같은 일을 하는 줄 알았어요.”

“어떻게 다르니?”

“간호조무사는 간호사 업무를 보조하는 일을 해요.”

“…”

“간호사는 의료인이고, 간호조무사는 아니에요. 한마디로 말하면 그 차이죠.”

“네가 그동안 마음고생이 컸구나.”

“코로나19로 고생은 똑같이 해도 의사와 간호사만 부각되고, 우리는 늘 뒷전이었죠.”

“그랬구나. 지난번에 주민등록등본에서 큰오빠가 빠진 것을 알았다는 그 무렵에 병원을 그만둔 거니?”

"예, 엄마. 병원에서 퇴직금 정산을 위해 주민등록등본을 제출하라고 해서요."

"그땐 엄마가 왜 몰랐을까?"

"솔직히 제가 실업계 고등학교에 간다고 할 때 말리지 않은 엄마를 원망한 적도 있었어요. 큰오빠는 삼수를 해서라도 대학에 들어가라고 하고, 나는….'

영서는 그 말을 하다가 또 울먹였다.

"네 말이 맞아. 엄마가 잘못했어. 영서야, 앞으로 엄마가 열심히 도와줄게."

"오늘에야 마음속에 두었던 말을 모두 하고 나니 홀가분하면서도 허무하네요. 이렇게 한순간에 사라질 원망을 그토록 가슴속에 품고 살았나 싶어요."

"부모 자식 사이에 풀지 못할 응어리가 어디 있겠니."

"죄송해요. 제가 너무 꽁해서요."

"아니야. 엄마의 잘못이고, 앞으로 잘할게. 엄마도 이제야 긴 잠에서 깨어난 것 같다."

"엄마! 그리고 솔직히 코로나19 이후에 교회에 대하여 곰곰이 생각해보게 되었어요. 코로나 집단감염 사례는 거의 교회와 관련이 있는 게 좀 이해가 가지 않았어요."

"그건 일부 교회가 하나님 말씀대로 하지 않아서 그런 거지. 나도 교회 집단감염 사례가 뉴스에 나올 때마다 안타까웠어. 믿는 사람들이 더 열심히 기도를 해야 한다고 생각했어."

"저도 병원에 근무하면서 교회 다닌다는 것이 부끄러울 때가 있었어요."

"그랬구나. 열심히 기도해야지."

"…"

영서는 더 이상 대답을 하지 않았다.

'한 가지 문제가 해결되면, 숨어 있던 또 다른 문제가 하나씩 나타나는 게 우리네 삶인가.' 세상에서 가장 어려운 역할이 부모 노릇 제대로 하는 것이라는 생각이 들었다. 이제라도 내가 서 있는 자리를 알았고, 가야 할 길을 보았다는 것만으로도 늦었지만 다행이라고 생각했다.

요즘은 코로나19로 교회 예배 참여가 줄었다. 기복신앙이라는 영광이의 불만, 방송 예배를 들어보라는 영수의 조언, 기독교인의 집단감염 사례에 대한 영서의 말이 귓전에 맴돌았다.

나는 몇 주 동안 기독교방송 등 방송 예배를 보기로 했다.

방송 예배는 설교 말씀이 잘 정돈되어 있었고, 내용도 성경에 충실했다. 특히 강원도 홍천에서 농촌 목회를 하시는

목사님 한 분의 말씀이 가장 인상적이었다.

'유럽에서 미국으로 건너간 기독교는 미국에서는 학교 교육과 기업 발전의 원동력이 되었다. 반면에 미국에서 한국으로 건너온 기독교는 빠른 교세 확장과 규모와 외형을 중시하는 괴물로 변했다.'

'코로나19가 확산되는 시점에서는 비대면 예배 방식은 교회의 사명이다. 그 이유로 요한복음에서 가나의 혼례와 성전정화를 근거로 들 수 있다. 46년 동안 지은 성전을 허물라는 예수님의 말씀은 예배보다는 십자가의 삶이 더 중요함을 강조하는 것이다. 따라서 성전행사보다는 사람들의 생명과 안전을 우선시하는 비대면 예배가 예수님의 말씀에 부합되기에 비대면 예배가 기독교인의 사명이다.'

'기도는 신성한 행위다. 그 기도가 기복적이더라도 의미는 있다. 다만 기복적인 기도가 50점이라면, 십자가의 사명대로 하는 기도는 100점이다. 예를 들면, 내 자식을 좋은 학교에 입학하게 해달라는 기도는 50점짜리 기도고, 내 아들이 좋은 대학에 입학해서 하나님 말씀대로 실천하는 아들로 성장하게 해달라고 하는 기도는 100점짜리다. 참된 기도는 자신과 가족의 행복만을 추구하는 이기적, 기복적 기도가

아니라 하늘에는 영광, 땅에는 평화가 넘치게 해달라는 내
용이어야 한다.'

'하나님 말씀대로 기도란? 쉽게 말해서 바로 주기도문이
다. 주기도문에는 잘못한 사람을 용서해야만 한다고 되어
있다. 용서를 해야 사랑과 화평함이 생기고, 비로소 하나님
도 우리를 용서해주신다.'

나는 방송 예배를 통해 기도의 의미, 주기도문에서 용서
의 의미, 비대면 예배의 중요성에 대해 감명을 받았다. 영수
가 비대면 예배 참여를 강조한 이유를 조금은 알 것 같았다.

답답한 마음에 오랜만에 샬롬부동산에 갔다.

그곳에 가면 언제나 마음이 포근해지고 편했다. 언제든
찾아가도 나를 반겨주는 친구가 있기 때문인 것 같았다.

샬롬부동산에서 김은혜와 마음 편한 시간을 보낸 후 집에
돌아오다가 모처럼 남편 가게를 들렀다. 그동안 남편 가게
를 통 가질 않았다. 묵묵히 혼자서 일을 하는 남편이 고맙고
미안해서였다.

불 켜진 가게 안에는 손님이 한 명도 없었다. 앞치마를 두
른 남편이 열심히 닭을 튀기고 있었다. 코로나19로 9시 이
후에는 점포에서는 영업을 할 수 없지만, 배달 주문을 위해

밤 10시까지 장사하고 있었다.

나는 가게 안으로 들어가지 않고, 발걸음을 돌려 집으로 돌아왔다. 집에 오니 시아버지로부터 편지 한 통이 와 있었다. 요양원에 가신 지 꼭 한 달 만이었다.

내가 이곳에 온 지도 꼭 한 달이 지났다.

이곳은 코로나로 외부인 면회도 금지되었다.

처음에는 좀 답답했지만 그런대로 지낼 만하다.

이곳은 공기가 맑고 조용해서 좋다.

휴대폰이 안 돼 좀 불편하지만 지금은 적응이 되었다.

앞으로 가끔 편지를 쓸 계획이다.

모처럼 책도 읽고, 친구도 사귀며 잘 지내고 있다.

내 걱정은 하지 말고, 각자 소임을 다하기 바란다.

전화 통화가 안 돼서 혹여 걱정할까 봐 편지를 쓴다.

가끔 편지하마.

2020. 8. 21. 물가쉼터 요양원에서

시아버지로부터 온 한 장짜리 편지는 가족에게 기쁜 소식이었다.

편지를 가족에게 공개했고, 돌려가면서 편지를 읽었다. 영광이는 편지를 찬찬히 읽고는 휴대폰으로 위치를 검색해 보았다.

"엄마. 할아버지 계신 곳이 깊은 산속이고, 앞에는 북한강이 있는 곳이네요?"

"응. 고모랑 할아버지 모셔다드릴 때 가 보았는데, 조용한 곳에 새로 지은 건물이야."

"휴대폰이 안 될 정도로 깊은 산중이고, 앞에는 북한강이 보인다니 좋은 곳인데요. 그런 곳은 일교차가 커서 겨울에는 활동하기 어렵고, 기관지가 안 좋은 할아버지가 기침을 더 하시지는 않을까 걱정도 되네요."

"그래, 일교차가 크면 그럴 수 있겠다."

남편이 영광이 말에 맞장구를 쳤다.

나는 순간 내가 너무 시아버지에게 무관심했구나 싶어서 스스로 좀 멋쩍었다.

시아버지를 모셔다드린 지 한 달이 되었지만, 나는 까맣게 잊고 지냈다. 눈에 보이지 않으면 잊힌다고 하더니 그 말대로 한 달 동안 까맣게 잊고 살았다.

나는 편지를 다시 찬찬히 읽어보았지만 기침에 대한 언급은 없었다.

"지난번 모셔다드릴 때 용각산과 기침약을 넣어 드리긴 했는데… 영광이가 할아버지께 답장을 하면 어떨까? 기침이 심한지도 여쭤보고."

"예. 제가 답장을 쓸게요. 특별히 하실 말씀 있으시면 제게 알려 주세요."

영광이의 말에 아무도 말하지 않았다.

영광이가 시아버지께 답장을 보냈고, 얼마 후 시아버지로부터 답장이 왔다.

영광이 보거라.

내 손자 영광이가 이 할애비를 걱정해주니 고맙다.

사실 여기는 공기가 맑고, 조용한 곳인데 네 말대로 일교차가 큰 것이 흠이란다.

처음에는 몰랐는데 좀 지나고 보니 일교차로 기침도 좀 심해졌다.

그래서 조석으로 실내에만 머물렀더니 기침 증세는 많이 나아졌다.

올 때 가져온 기침약이 있고, 이곳에는 의료 시설도 있으니 큰 걱정은 안 해도 된다.

영광아!

네 이름이 왜 영광인 줄 아니?

너를 낳았다는 소식을 듣고, 할애비가 며칠 동안 고심을 하다가 첫 손자를 얻은 일이 큰 영광이라는 생각에서 네 이름을 영광이라고 지었단다.

지금 생각해도 할애비가 살면서 할애비 노릇을 제일 잘한 일인 것 같다.

영광이가 돈을 벌어 부동산을 사겠다는 욕망은 성인이라면 당연히 해야 할 생각이지만, 그 욕망이 탐욕이 되지 않도록 주의해야 한다. 돈을 벌려는 욕망이 지나치게 되면 탐욕이 되기 때문이다.

늘 욕망을 품되 탐욕이 되지 않도록 주의하거라.

독일 철학자 괴테의 말이다.

'괴물과 싸우다 보면 자신이 괴물이 되지 않도록 주의해야 한다. 그렇게 하지 않으면 괴물이 되기 싶다.'

네가 돈을 벌겠다는 욕망이 지나치면 돈이라는 괴물에 잡아먹히게 되니, 늘 너의 삶을 되돌아보거라.

그것이 사람이 행복하게 사는 길이란다.

영광이는 현명하니 잘 해내리라 믿는다.

2021. 8. 27. 할애비가 영광이게 씀

시아버지가 요양원에서 잘 지내고 계신다니 참 반가운 소식이었다.

한동안 편지도 뜸하고 해서 궁금하기는 했지만, 무소식이 희소식이라고 생각했다.

무너졌던 돌담이 더 튼튼하게 새로 쌓이듯, 아이들과의 대화를 통해 집안 분위기도 조금씩 평온을 되찾아갔다.

2020년 9월 29일 금요일 밤 8시가 조금 지난 시간에 고모로부터 전화가 한 통 걸려왔다.

"언니! 언니!"

고모는 나를 두 번 부르더니 소리 내 울기 시작했다.

"고모! 무슨 일이에요!"

고모는 한참을 울더니 한숨을 크게 한 번 내쉬고는 말했다.

"언니! 아버지께서 방금 돌아가셨대요. 아버지가요!"

"예? 지금 무슨 소리를 하시는 거예요? 뭘 잘못 알고 계신 거 아니에요?"

"..."

"고모, 고모. 잘못 안 거죠?"

"방금 병원에서 전화가 왔어요. 아버지가 돌아가셨다고

요."

"아니, 아버님께서는 요양원에 잘 계시잖아요?"

고모는 한동안 아무 말도 못 하다가 울음 섞인 목소리로 말했다.

"아! 제가 말씀을 못 드렸네요."

"무슨 말이죠?"

"아버지가 기침이 심하셔서 병원으로 옮겨야 한다고 요양원에서 연락이 왔었는데 제가 깜박하고 언니하고 오빠에게 전달하지 못했네요."

"고모. 진정하시고 좀 차분하게 말씀해보세요."

내가 전화를 받는 동안 남편은 놀란 표정으로 내 입만 쳐다보고 있었다.

"3일 전쯤 저녁에 요양원에서 전화가 왔었는데요, 아버지가 기침이 심해지고, 요양원에서 일하는 직원 한 명이 코로나 확진 판정을 받아 요양원에 있는 전원이 병원으로 가서 진단을 받을 예정이라고 했어요."

"그런 전화가 왔었어요?"

옆에 있던 남편이 답답한지 내 전화를 빼앗았다.

"정숙아, 오빤데. 아버지가 돌아가셨다고?"

여동생과 한동안 통화를 하더니 남편은 정신 나간 사람처럼 전화기를 손에서 떨어트렸다. 나는 전화기를 들고 다시 통화했다.

"고모. 침착하시고요. 병원 전화번호 좀 알려주세요. 그리고 잠실 형님한테는 연락을 했어요?"

"아뇨. 저도 방금 전화를 받고 바로 언니한테 전화한 거예요. 요양원에 모시고 갔을 때 기록한 연락처가 내 전화번호라서 저한테 연락을 했대요."

"그랬군요. 한 달 전까지만 해도 아버님께서 우리 집으로 편지를 보내주시고 영광이와 답장도 주고받고 하셨는데…."

"그랬어요? 그때는 아버지가 괜찮으셨어요?"

"예. 잘 지내신다고 하셨어요."

"언니! 잠깐만요. 병원에서 전화가 들어오고 있는데, 병원 전화 먼저 받을게요."

고모는 급하게 전화를 끊었다.

밤늦게 안방에서 큰 소리가 나자, 아이들이 모두 안방으로 모였다.

"엄마, 무슨 일이에요? 안 좋은 일이라도 있어요?"

영광이가 조심스럽게 묻고, 영수와 영서도 걱정스러운 표정으로 나를 쳐다보았다.

"방금 고모한테 전화가 왔는데, 할아버지가 돌아가셨단다."

"예에! 할아버지가요?"

영광이는 생각지도 못한 소식 앞에서 굉장히 놀란 듯 자기도 모르게 소리를 크게 질렀다.

"아빠! 그럼 빨리 병원으로 가야지요?"

"얘들아, 이럴 때일수록 침착해야 해. 어느 병원에 계신지도 모르고, 지금 고모가 병원 담당자와 통화하고 있으니 조금만 기다려 보자."

나는 애써 마음을 잡고 아이들을 안정시켰다. 다시 고모로부터 전화가 왔다.

"언니, 방금 병원 담당자와 통화를 했어요. 아버지가 병원에 도착해서 바로 코로나 검사를 받았는데, 양성 판정이 나왔대요. 그런데 아버지가 폐가 워낙 안 좋아서 응급조치를 했지만, 이겨내지 못하고 방금 돌아가셨대요."

"그래요?"

"우리 아빠 불쌍해서 어떻게 해요, 언니."

"고모. 좀 진정하시고요. 그럼 빨리 병원으로 가봐야 하잖아요?"

고모는 한동안 말을 하지 못하고 흐느끼기만 했다.

"언니! 코로나19 확진 판정을 받고 돌아가신 환자는 가족들도 망자를 볼 수 없대요. 병원에서는 유족 동의를 얻은 후에 먼저 화장을 하고, 그 이후에 장례를 치르는 것이 정부의 방침이라고 하네요."

"그래요? 우선 병원 전화번호 좀 알려주세요."

그제야 고모는 병원 전화번호를 알려주었다.

"얼른 큰오빠한테도 알려주세요. 아무래도 내용을 잘 아는 고모가 연락을 하시는 것이 좋을 것 같네요."

"언니. 저 지금 집에 혼자 있는데 무섭기도 하고 떨려서, 오빠한테 전화를 못 할 것 같아요."

"지금 집에 아무도 없어요?"

"예. 남편은 지방 출장 중이고, 유라는 11시가 넘어야 집에 와요."

"알았어요. 그럼 제가 형님한테 알려줄게요".

나는 전화를 끊자마자 고모가 알려준 병원 전화번호로 전화를 해서 구체적인 내용을 재차 확인했다. 시신을 먼저 화장해야 하는데 유가족의 동의서가 급선무였다.

남편에게 잠실 아주버니에게 전화를 해서 알려주라고 말했다.

"내가 형한테 전화해봐야 형수가 당신한테 또 전화를 해서 확인할 텐데⋯. 당신이 형수한테 전화해."

결혼 이후 남편이 형한테 전화하는 것을 거의 본 적이 없었다. 그 정도로 형제간의 교류가 없었다

나는 잠실 형님한테 전화해 고모한테 들은 내용을 그대로 전해주었다. 전화 통화를 끝내고 나서 얼마 지나지 않아 형님으로부터 전화가 왔다.

"동서가 알려준 병원으로 전화를 해보았는데, 지금으로서는 코로나 확진 사망자는 무조건 화장을 해야 한대. 선 화장 후 장례를 치르는 것이 정부 정책이라네. 그러니 유가족화장 동의서를 무조건 제출해야 한대."

"알겠어요. 형님이 더 잘 아실 테니, 고모한테도 그렇게 전할게요."

유가족 화장 동의서를 보냈지만 언제 화장을 할지, 가족의 참석이 가능한지 등의 여부는 여전히 불투명했다. 나는 남편과 아이들을 모아놓고, 그동안 진행 상황을 알려주었다.

"난 지금 혼자서라도 할아버지 계신 병원으로 갈 거예요."

영광이가 약간 흥분된 목소리로 말했다.

"영광아. 이 늦은 시간에 차도 없는데 어떻게 춘천까지 가니? 그리고 간다고 해도 코로나로 출입도 어렵다고 할 텐

데…."

내 말이 끝나기도 전에 영광이는 자리를 박차고 안방에서 나갔다.

"할아버지가 돌아가셨는데 집에서 이렇게 가만히 있을 수는 없잖아요!"

영광이의 말이 하나도 틀리지 않았지만, 이대로 나가게 그냥 둘 수는 없었다. 남편을 쳐다보자, 남편이 영광이를 만류했다.

잠시 후 영수가 코로나19 확진자 사망 처리 절차를 컴퓨터에서 출력해 가져왔다.

"엄마. 지금은 감정적으로 처리하면 안 돼요. 정부에서 정한 절차대로 행동해야 해요."

영수가 출력한 문서를 영광이게 전해주자, 영광이도 병원으로 가는 것을 포기했다.

"그럼, 큰댁하고 고모네 식구한테 모두 우리 집으로 오라고 연락하마. 큰일이 생겼을 때에는 가족끼리 모여 있어야 빠른 대응을 할 수 있을 테니까."

내 말에 영광이가 안정을 되찾았는지 조금 전보다는 차분하게 말했다.

"엄마 말씀이 옳아요. 그런데 먼저 우리 집으로 모이자고 말하지 마시고요. 큰아빠네 집으로 가겠다고 하세요. 그게 예의 같아요. 만약 좀 어렵다고 하시면, 그때 우리 집으로 오시라고 하는 것이 더 좋을 것 같아요."

나는 그 말을 듣고는 영광이와 남편의 얼굴을 번갈아 쳐다보았다. 남편이 해야 할 이야기를 아들 영광이가 대신하고 있었기 때문이었다.

남편은 그제야 전화를 했다.

"형, 저예요. 아버지 이야기 들었지요? 오늘 형 집에 모여서 앞으로의 대책을 논의하는 게 좋지 않을까 해서 전화했어요."

말을 마친 남편은 계속 아주버니의 이야기를 듣는 것 같았다.

"알았어요. 그렇게 할게요."

전화를 끊자, 모두 남편의 입만 쳐다보고 있었다.

"형이 잠실 집으로 오라고 하네."

"역시 영광이 말대로 큰집에 먼저 전화하길 잘했네. 그럼 각자 개인용품을 챙겨서 바로 출발하자."

모두 칫솔과 속옷 등 개인용품을 챙기러 나갔다. 10분도 채 지나지 않아 형님한테 전화가 왔다.

"동서!"

형님은 나를 불러 놓고는 한동안 아무 말도 하지 않았다.

"예, 형님. 우리는 곧 출발하려고 하는데요."

"그게 말이야…. 아무래도 우리 집은 불편해서 동서네 집에서 모이는 것이 어떨까 싶어서…."

"예? 방금 영광이 아빠랑 아주버니하고 통화했는데…."

"나도 알아. 수진이가 로스쿨 1학년인데 다음 주에 중요한 시험을 앞두고 있어서…."

"아, 그렇군요. 그럼 어쩔 수 없지요. 저희 집으로 오세요."

개인용품을 챙겨 안방으로 모여든 아이들은 통화 내용을 다 들었는지 각자 자기 방으로 되돌아갔다.

잠시 후 형님 부부와 고모가 우리 집으로 왔다. 지난 4월 시아버지 무릎 부상 문제로 모였던 이후 첫 만남이었다.

"언니. 남편은 지방 출장 중인데, 내일 아침에 서울에 와요."

고모는 남편과 함께 오지 못한 이유를 설명했다.

"동서. 미안하고, 고마워."

"아휴, 괜찮아요. 여기가 강원도 가기도 편하잖아요."

가족들이 모였지만, 어색한 분위기였다.

"고모가 처음 소식을 접했으니, 다시 설명 좀 해주세요."

고모는 그동안의 상황을 자세하게 설명했다. 설명을 듣고 있던 형님이 말했다.

"아버님한테 편지가 왔거나, 요양원에서 병원으로 옮겼으면 미리 좀 알려주지 그랬어?"

형님은 큰며느리인 자신을 소외시켰다는 투로 나와 고모를 보며 퉁명스럽게 말했다. 그 말에 아무도 대꾸를 하질 않았다. 나는 영광이에게 할아버지가 보낸 편지를 가져오라고 했다. 영광이가 편지를 바닥에 놓으면서 말했다.

"이 편지입니다. 한번 읽어보세요. 안부 인사 정도라서 공유해야 한다는 것을 깜빡했네요."

아주버니는 내가 건넨 편지를 꼼꼼하게 읽어보고는 영광이를 보면서 말했다.

"영광아! 너한테는 정말 미안하고, 고맙다. 할아버지가 너를 그토록 자랑스러워하신 이유를 오늘에서야 조금은 알 것 같다."

"큰아빠. 제가 부족했습니다."

"아니다. 내가 영광이 보기가 자꾸 부끄러워지는구나."

고모가 불쑥 끼어들었다.

"저도 3일 전에 요양원에서 전화를 받았는데, 그때 아버지가 병원에 입원하셨다가 곧 퇴원하실 줄 알았지, 이렇게 돌아가실 거라고는 상상도 못 했어요."

겨우 말을 끝내고 고모는 또 울기 시작했다.

"괜찮다, 정숙아. 지금 와서 따져 봐야 뭐하겠어. 관심이 있었으면 본인이 직접 가 보거나, 전화만 했어도 다 알 수 있잖아. 무관심했던 사람이 더 나빠!"

고모를 달래며 아주버니가 말했다. 나는 그 말이 아주버니 입에서 진짜로 나온 말인지 순간 헷갈렸다. 형님이 한 말에 노골적으로 반대하는 것을 지금까지 단 한 번도 본 적이 없었기 때문이다. 아주버니의 말에 방 안 분위기가 싸늘하게 얼어붙었다.

잠시 후 전화벨이 울렸다.

"예, 제가 이정숙입니다. 춘천안식원이라고요? 내일부터 추석 연휴라서 당분간은 화장을 할 수 없고, 추후에 화장 일정이 정해지면 연락을 주겠다고요? 아니 그런 게 어디 있어요? 유족들 입장도 생각해야지요."

고모는 병원 관계자와 통화를 하는 것 같았다.

"예! 예!"

고모는 상대방이 하는 말을 한참을 듣고는 전화를 끊었다.

"정숙아! 무슨 전화냐?"

아주버니의 물음에 고모는 아무 말도 못 하고 큰 소리로 울음을 터트렸다. 잠시 후 간신히 울음을 멈추고는 울먹거리면서 말했다.

"내일부터 추석 연휴라서 화장 일정을 잡지 못했대요. 게다가 코로나19 양성 판정을 받은 경우에는 화장 순서도 맨마지막이라서 추후에 일정이 잡히면 다시 연락을 주겠다고하네요."

고모는 그 말을 겨우 끝내자마자 또 울기 시작했다.

"아이고, 우리 아빠 불쌍해서 어떻게 해."

"정숙아. 진정하고 방금 통화한 전화번호하고 담당자 이름을 좀 알려줘."

아주버니는 고모가 알려주는 연락처를 꼼꼼하게 메모했다.

밤늦게 모두 모였지만, 지금으로서는 더 할 일이 없을 것같았다. 코로나19로 사망한 사람은 장례도 제대로 치를 수없다는 신문 기사를 본 적이 있었는데 우리가 지금 그런 경우였다.

"형. 그럼 어떻게 할까요?"

"일단은 각자 집으로 돌아가서 병원에서 연락이 오면 그때 다시 모이자. 이렇게 무작정 기다릴 수는 없는 일이니."

아주버니는 평소와 달리 아주 단호한 말투로 빠르게 결정을 내렸다. 갑작스럽게 모였던 삼 남매는 각자 집으로 되돌아갔다.

시아버지가 돌아가셨다는 부고를 받고도 가 보지 못하는 희한한 일이 벌어졌다. 분명 한 번도 겪어보지 못한 일이었다.

다음 날 오후 아주버니로부터 전화가 왔다.

"예. 그래요? 형, 그럼 어떻게 할까요? 알겠어요."

나는 아주버니와 통화한 내용이 궁금해서 남편 얼굴을 멀뚱히 쳐다보았다.

"코로나 확진으로 사망한 사람은 화장장에서조차 꺼려서 일정이 늦어졌는데, 내일 오후 6시에 다른 사람이 취소해서 아버지 일정이 잡혔다네."

"다행이네요."

"그런데 가족 중 누구도 참관할 수는 없다고 하네."

"그래요? 그럼 어떻게 해요?"

"형 말로는 화장한 후 그곳에 임시로 유골함을 안치했다가 추후에 모실 수 있다고 하네."

"그게 말이나 돼요? 사람이 죽었는데 화장장에도 못 가고, 장례도 치를 수 없다는 게?"

영광이가 모든 일이 못마땅한 듯이 큰 소리로 말했다.

"그러게 말이다. 그런데 이게 현실이니 어쩌겠냐."

영수가 컴퓨터로 신문 기사를 한 장 출력해 전달하면서 말했다.

"방금 큰아빠가 말씀한 게 사실이에요. 신문에도 그대로 났어요."

모두 영수가 가져온 신문 기사를 읽기 시작했다.

이렇게 시아버지의 갑작스러운 죽음은 가족들에게 큰 충격과 슬픔을 남겼다. 그리고 사망 이후에는 더 큰 실망과 좌절감을 남기고 있었다. 이 모든 일이 코로나19 때문이었다.

며칠 후 추모원에서 납골함을 찾아갈 수 있다는 연락이 왔다. 가족 모두 춘천으로 가서 납골함을 받아 바로 홍천 고향 집으로 향했다.

동네는 빈집이 많았고, 동네 앞쪽 야산에는 외지인들이 새로 지어 놓은 펜션들이 하나둘씩 눈에 띄었다.

온 가족이 오랜만에 고향 집에 모였다. 4월부터 비워 놓았던 집이었지만, 집 마당 한편에는 가지런히 쌓인 장작이 잘 정돈되어 있었다. 방 안도 먼지만 조금 쌓였을 뿐 깨끗하게 정리되어 있었다.

아주버니가 미리 준비한 영정을 놓고, 그 뒤편에 납골함을 모셨다.

시아버지는 우리 가족 이외에는 그의 죽음을 알릴 만한 친인척이 단 한 명도 없었다. 아주버니와 남편이 마을 이장을 찾아갔다. 잠시 후 70세 정도 되어 보이는 모곡리 이장이 오셔서 영정에 절을 두 번 하고는 눈물을 글썽거렸다.

"형님이 이렇게 허무하게 가실 줄은 몰랐네요. 지금은 누구도 장담할 수 없는 세상이긴 하지만… 형님! 흐흐흐."

이장이 고인에게 조문한 유일한 조문객이었다. 아주버니와 남편은 고개를 떨구고 서 있었다.

"지금 추석 연휴여서 이 동네에서 조문 올 사람도 없으니, 그냥 가족장으로 조용히 모시게. 군청에서도 혼례나 장례에는 가급적 모이지 말라고 하니깐. 내가 오늘 마을 대표로 조문을 한 것으로 하시게나."

"…"

남편과 아주버니는 말없이 공손하게 인사했다.

"영광이가 누구야?"

이장은 영광이를 찾았다.

영광이는 시아버지께서 돌아가신 후 식사도 하는 둥 마는 둥 하며 어른들 곁을 한시도 떠나지 않았다.

"예. 제가 영광입니다."

이장이 영광이의 손을 붙잡고 어깨를 두드리면서 말했다.

"네가 형님이 그렇게도 자랑하던 큰손주 영광이구나."

그 말에 영광이는 고개를 숙이고 아무 말도 하지 않았다. 이장은 나가면서 아주버니와 남편을 쳐다보면서 말했다.

"그래, 아버지는 어디로 모실 건가?"

"예. 학교 뒤편 어머니 모신 납골묘에 합장할 예정입니다."

"아, 그래, 맞다. 형수님을 그곳에 모셨었지. 요즘은 납골이 좋아. 그럼 잘 모시고 가시게나."

"이장님, 감사합니다."

"참 이건 여기 있는 사람들이 다 들어둬야 할 것 같아서 하는 말인데, 형님이 몇 해 전에 집 뒤편 밭에 심어 놓은 무궁화나무 묘목이 지금 가지고 있는 전체 묘목이야. 나머지 논밭과 묘목은 지난번 무릎을 다쳐 서울로 가시기 직전에 급하게 다 처분했어. 다들 알고 있지?"

"예. 잘 알겠습니다, 이장님."

아주버니가 이미 알고 있다는 듯이 대답했다.

오랜만에 가족 모두 시아버지가 살았던 고향 집에서 하룻밤을 보냈다.

다음 날 아침이 되자 인부 2명이 비석을 하나 들고 집으로 찾아왔다. 아주버니가 비석과 인부 등을 미리 준비해둔

모양이었다. 모두 시어머니를 모신 납골묘로 이동했다. 인부들은 재빠르게 비석을 세우고, 납골묘의 뚜껑을 열고는 시아버지의 납골함을 넣었다. 다시 돌로 만든 뚜껑을 덮고, 약간의 흙을 덮었다. 각자 기도와 절을 하고는 산을 내려왔다.

갑작스럽게 돌아가신 시아버지의 죽음과 장례가 이렇게 끝났다. 시아버지의 죽음을 보면서 사람이 산다는 것이 참 허무하다는 것을 새삼 느끼게 되었다.

갑자기 요양원으로 가실 때 내가 사드렸던 성경책이 생각났다. 시아버지께서 생전에 성경책을 읽으셨는지도 궁금했다.

"고모! 혹시 아버님 유품은 요양원에 있을까요?"

내 물음에 고모가 휴대폰을 검색하더니 말했다.

"아, 내 정신 좀 봐. 그러잖아도 며칠 전에 요양원에서 아버지 유품을 찾아가라고 문자가 왔었어요. 만약 포기하겠다면 확인서를 팩스나 문자로 보내주면 요양원에서 소각 처리한다고요."

"확인서를 보내셨나요?"

"아니요. 깜빡하고 있었어요."

"아, 그래요? 여기서 가는 길이니 들렀다가 유품을 찾아가죠? 이렇게 아버님을 허무하게 보내드렸는데 유품이라도 봐야 할 것 같아서요."

내 말에 형님은 약간 못마땅한 표정으로 말했다.

"그럼 동서하고 고모는 요양원에 들렀다가 오고, 우리는 바로 서울로 갈게."

"그러세요, 형님."

서로 인사를 하고는 고향 집에서 헤어졌다.

3층 계단

누구나 태어나서 죽을 때까지 3대가 함께 살게 된다.

각자의 삶의 흔적이 쌓이고,

그 위에 자신의 흔적도 쌓게 되고, 그 흔적이 계단이 되는 것이다.

고장 난 시계도 하루에 두 번은 시간이 맞듯이

사람도 출생과 죽음은 남는다.

그 사이의 시간은 온전히 자신의 몫이고,

이전 세대가 쌓아 놓은 계단 위에 나의 계단을 쌓게 된다.

그리고 그 계단은 다음 세대의

주춧돌이 되고,

가문이 되고,

역사로 남는 것이다.

"엄마! 엄마!"

누군가 나를 흔들어 깨웠다.

"응? 누구니?"

"엄마! 어디 아프세요? 영광이에요."

"영광이구나. 오늘 시험 끝나고 저녁 먹고 책상을 정리하다가 깜빡 잠이 들었나 봐."

"아, 다행이네요. 전 집에 사람이 아무도 없는 줄 알았는데, 엄마가 책상에 엎드려 계셔서 아프신 줄 알고 깜짝 놀랐어요."

나는 영광이를 덥석 껴안았다.

"영광아! 고맙다. 네가 정말 어른스럽고 대견하다."

"저도 엄마가 자랑스러워요. 이제부터 저도 열심히 할게요."

영광이가 나를 꼭 껴안아 주면서 말했다.

책상에 엎드려 잠깐 잠이 든 것 같은데, 영광이가 말년휴가를 나왔을 때부터 시아버지 죽음까지의 과정이 파노라마처럼 펼쳐졌다. 비몽사몽 간의 일이었지만 지난 일들이 마치 영화 필름을 되돌려 본 것처럼 선명했다.

시아버지께서 돌아가신 후 살아 있는 사람은 모두 각자의 일상으로 빠르게 되돌아갔다.

어느 날 잠실 형님한테 전화가 왔다.

"동서! 남편이 며칠 전 아버님 사망신고를 하면서 아버님이 남긴 재산 상황을 다 확인했대."

"예, 그렇군요."

"그런데 말이야. 아버님께서 금년 7월에 둔촌주공아파트 조합원 입주권을 구입하셨다는데, 혹시 동서는 그 사실을 알아?"

"그래요? 전 금시초문인데요."

"고모도 전혀 모른다고 하던데…."

"그래요?"

"아버님이 요양원으로 가시기 바로 전에 구입하셨다고 하네. 일단 상속 문제도 있고 하니 이번 주 일요일에 우리 집으로 올 수 있어? 그날은 약국 문을 닫는 날이라서."

"예, 갈 수 있어요."

전화를 끊고 나서 남편에게 그 사실을 알렸다. 남편도 놀라는 표정이었지만, 크게 관심을 보이지는 않았다.

삼 남매 부부가 잠실 형님네 집에서 모였다. 형님이 먼저 말을 꺼냈다.

"수진 아빠가 아버님 사망신고를 하면서 알게 되었는데, 아버님께서 둔촌주공아파트 입주권과 홍천 고향 집, 그 부근의 논밭, 예금 3,000만 원을 유산으로 남기셨어요. 그래서 이 문제를 논의해야 할 것 같아서요."

삼 남매의 막내인 고모가 크게 놀라면서 말했다.

"아, 그러고 보니 아버지가 우리 집에 며칠 계실 때 나한테 둔촌주공아파트에 데려다 달라고 한 적이 있었어요. 출근하면서 모셔다드린 적이 있었는데, 그때 구입하셨나 보네요."

"그럼 고모는 아버님께서 둔촌주공아파트를 구입하신 것을 알았어요?"

그 말에 고모는 깜짝 놀라는 눈치였다.

　"아니요. 전혀 몰랐어요. 전 상상조차 못 한 일이에요. 재건축으로 아파트가 다 철거되었다고 말씀드렸는데도 아버지가 꼭 가 보고 싶다고 하셨어요. 난 아버지가 엄마랑 같이 살던 추억 때문에 가신 줄 알았었죠. 지금 생각해보니 분양권을 구입하려고 가셨나 보네요."

　고모의 말을 들으니 시아버지가 둔촌주공아파트를 구입한 경위를 조금은 알 것 같았다.

　"홍천 고향 집과 밭은 지난번에 이장님이 말씀한 그대로고요, 예금이 3,000만 원이 있네요. 아버님께서 참 깔끔하게 정리해놓고 돌아가셨네요."

　형님이 설명을 마치자 아주버니가 나섰다.

　"내 생각엔, 아버지와 어머니를 헌신적으로 보살펴준 제수씨에 대한 고마움과 예전에 그곳에 살았던 추억으로 아버지가 둔촌주공아파트를 구입한 것 같다. 그래서 그 집은 나랑 정숙이가 상속을 포기하고, 수남이가 단독 상속을 받는 것으로 하면 어떨까 싶다."

　"…"

　아주버니의 갑작스러운 제안에 다들 놀라면서 누구도 말을 꺼내지 않았다. 약간의 침묵이 흘렀다.

"저는 큰오빠 말에 찬성입니다. 그게 아마도 아버지 뜻일 것 같아요."

나는 갑자기 얼굴이 붉어졌고, 남편도 아무 말 없이 고개를 푹 숙이고 눈물을 글썽거렸다.

"그리고 고향 집과 밭은 그대로 두는 것이 좋을 것 같고, 예금도 그냥 두었다가 가족 행사나 어려운 일이 있을 때 공동 기금으로 사용하기로 하자."

아주버니는 큰아들답게 어려운 문제를 두부 자르듯 명확하게 정리했다.

잠시 후 아무 말이 없던 형님이 나섰다.

"동서가 그동안 고생한 것도 맞고, 남편의 뜻에도 찬성하지만, 그래도 아버님이 남기고 간 유산인데, 자식들이 조금씩이라도 나누어 갖는 것이 나중에 뒷말이 안 나올 것 같은데…."

그 말에 나는 마치 내가 욕심을 부린 것 같아서 마음이 불편했다.

"전 형님 말씀에 전적으로 동의해요. 형제간의 돈 문제는 두고두고 논쟁거리가 될 수 있으니까요."

내 말에 아무도 대꾸를 하지 않아서 또 침묵이 흘렀다.

"자, 그럼 이렇게 하자. 형제간에 돈 문제는 나중에라도 말이 나올 수 있으니 그 집을 영광이 앞으로 하자. 그럼 형제간에는 불만이 없겠지?"

"큰오빠 제안에 전 무조건 찬성합니다. 가장 좋은 방안이라고 생각해요. 작은오빠네한테 주면서도 형제간에는 공평하게 누구도 받지 않은 셈이니까요. 전 대찬성이에요."

"내가 이번에 아버지 장례를 치르면서 보니, 할아버지를 제일 생각하는 손주가 영광이더라. 그렇게 하는 것이 고인의 뜻이라고 생각한다. 그럼 둔촌주공아파트는 영광이에게 주는 걸로 결정하겠습니다. 이의 없죠?"

아주버니의 말에 누구도 토를 달지 않아 그렇게 결론이 나는 것 같았다. 형님도 흔쾌히 찬성하는 표정은 아니었지만 대놓고 반대하진 않았다. 아버님이 돌아가신 후 아주버니는 예전과 달리 결단력 있고, 단호한 모습으로 변해가고 있었다.

집에 돌아와서 남편은 아이들을 모아놓고 오늘 일을 설명했다. 그 말을 들은 영광이는 아무 말 없이 눈물을 흘렸다.

분위기를 바꾸려는 듯 영수가 말했다.

"할아버지와 할머니가 주신 선물이네요. 그 선물은 천사 엄마와 효자 형이 받는 것이 할아버지와 할머니 뜻인 것 같아요."

"나도 작은오빠 말에 콜!"

말없이 앉아 있던 영광이가 일어나서 휴대폰을 보면서 뭔가를 읽기 시작했다.

무궁화 예찬 시(1923년)

남궁 억

금수강산 삼천리에 / 각색 초목 번성하다
춘하추동 우로상설雨露霜雪 / 성장 성숙차례로다

초목 중에 각기 자랑 / 여러 말로 지껄인다
복사 오얏 변화해도 / 편시춘片時春이 네 아닌가

더군다나 버찌 꽃은 / 산과 길에 번화해도
열흘 안에 다 지고서 / 열매조차 희소하다

울밑 황국黃菊 자랑스레 / 서리 속에 꽃 핀다고
그러하나 열매 있나 / 뿌리로만 싹이 난다.

특별하다 무궁화는 / 자랑할 일 하도 많다

여름 가을 지나도록 / 무궁 무진 꽃이 핀다

그 씨 번식하는 것이 / 씨 심어서 될뿐더러
접붙여도 살 수 있고 / 꺾꽂이도 성하도다

오늘 조선 삼천리에 / 이 꽃 희소 탄식마세
영원 번창 우리 꽃은 / 삼천리에 무궁하다

"이 시는 지난번 할아버지 장례식날 시골집 안방 벽에 붙어 있던 한서 남궁 억 선생이 쓴 시인데요. 제가 사진으로 찍어 온 거예요. 이 시를 여러 번 읽으면서 할아버지께서 키워 오신 무궁화나무 묘목을 덕풍천변에 심겠다고 다짐했어요. 할아버지의 무궁화꽃 사랑을 생각하면서요. 지금은 온통 벚꽃뿐이잖아요."

그 말에 나는 눈물이 핑 돌았다. 모두 영광이가 읽어 준 무궁화 예찬 시를 찬찬히 다시 읽었다.

"형! 꼭 그렇게 해. 나도 열심히 도와줄게."

"큰오빠. 나도."

이렇게 아이들이 성장하는 모습을 보니 마음이 흐뭇했다.

며칠 후 잠실 형님한테 전화가 왔다.

"동서! 방금 변호사 사무실에서 전화가 왔는데 아버님이 남긴 유산 중에 둔촌주공아파트 처분 관련하여 아버님께서 생전에 유언을 남기셨다네."

"그래요?"

"유언 내용은 법정상속인 모두 변호사 사무실로 나오면 그 내용을 공개한다고 하네."

"예. 그럼 삼 남매가 모여서 가면 되겠네요."

"수진 아빠는 나는 올 필요가 없다고 하는데, 우리도 같이 가는 게 좋지 않을까…."

"…"

"동서가 서방님하고 같이 온다고 하면 어떨까?"

형님은 내가 남편과 함께 나오겠다고 아주버니에게 말해 달라는 취지였다. 그래야 형님도 나를 핑계로 같이 갈 수 있다고 생각하는 것 같았다. 썩 내키지는 않았지만, 거절하기도 어려워 남편과 함께 가겠다고 말했다.

2020년 11월 30일 오후 4시

남편 삼 남매와 그 배우자, 총 6명이 서초동에 있는 변호사 사무실에 모였다.

잠시 후 변호사 한 분이 들어왔다.

"우선 고인 이광수 님의 명복을 빕니다. 얼마나 놀라셨어요. 고인께서는 2020년 9월 1일 14시 설악면에 있는 물가쉼터 요양원에서 유언을 하셨습니다. 저는 유언집행자 임택석 변호사입니다. 유언은 요양원장 김성수, 관리실장 최영수 등 2인의 입회하에 진행되었습니다. 먼저 법정상속인 여부를 확인하는 절차입니다. 1남 이진남, 2남 이수남, 딸 이정숙 오셨죠? 신분증을 제출해주시기 바랍니다. 혹시 고인의 육성을 듣기를 원하시면, 고인의 육성을 공개하겠습니다."

변호사는 설명을 하고는 유언증서와 녹취록을 내밀었다.

"유족들께서는 천천히 읽어보시고, 의문 나는 점이 있으시면 질문해주시기 바랍니다."

변호사는 녹취록을 남겨 두고 자리를 피해주었다.

유 언 증 서

본인 이광수는 1940년 7월 7일생이다.

오늘은 2020년 9월 1일 14시이고, 이곳은 설악면에 있는 물가쉼터 요양원이다.

2020년 7월 21일 내 명의로 구입한 둔촌주공아파트

34평형 조합원 입주권(번호 A-34007번)을 손자인 이영광 1인에게 조건 없이 주기로 결정한다.

방식은 임택석 변호사가 정한 유언대용신탁으로 한다.

본인 이광수는 위탁자이고, 이광수가 사망한 후 수익자는 손자 이영광 단독으로 한다.

본 유언 내용은 전체를 녹음하고, 그 내용 녹취와 공증은 변호사 임택석이 하기로 한다.

이 녹음 내용과 녹취서는 위탁자 이광수가 사망한 날로부터 60일이 되는 날, 상속인 모두가 모인 장소에서 공개하기로 한다.

2020. 9. 1. 이광수

유언집행자 변호사   임택석

입회인   요양원장 김성수

입회인   관리실장 최영수

〔유언 녹취록〕

며칠 전부터 밤마다 기침이 심해져서 잠을 제대로 잘 수가 없다.

이곳 요양원에는 상속과 관련된 법률 상담을 해주는 법률 회사가 있어서 오늘 중대 결심을 했다. (콜록콜록)

4월 초에 내가 무릎을 다쳐 병원에 있으면서 논밭과 무궁 화나무 묘목을 다 처분했다.

오늘 내가 둔촌주공아파트 처분을 결정한 이유다. (콜록콜 록)

한국전쟁 때 남한으로 내려오다 혼자 살아남은 나는 어렵 게 성장하여 직업군인이 되었다.

춘천에 근무할 때 부대 조경을 하게 되면서 홍천군 서면 무궁화마을과 인연을 맺게 되었다.

이때 한서 남궁 억 선생님이 조국 독립의 열망으로 무궁 화나무를 보존하셨다는 것을 새롭게 알게 되었다.

그리고 홍천에서 너희 엄마를 만나 정착하게 되었다.

나는 무궁화나무를 키우면서 땅은 거짓말을 하지 않고, 오래 참고 기다려야 좋은 꽃이 핀다는 사실을 알게 되었다.

내가 너희에게 아파트를 구입할 때, 건물보다는 땅을 보 고 오래된 아파트를 사라고 한 이유였다.

내 말대로 오래된 아파트에서 불편함을 견뎌낸 너희가 고 맙고, 한편으로는 불편하게 해서 미안하기도 하구나.

나는 내가 해야 할 일과 할 수 있는 일에 대하여 늘 고민해왔다.

호랑이는 죽어서 가죽을 남기고, 사람은 죽어서 이름을 남긴다고 했다. 형제와 친척이 없는 나로서는 죽어서도 뭔가 흔적을 남기고 싶었다. 사람은 태어나면서 좋든 싫든 3대가 희로애락을 하며 함께 살게 된다. 누구나 세상에 태어나서 작은 흔적을 남기고 죽게 되는데, 나는 자식들에게 작은 밑바탕이 되고 싶었다.

내가 남긴 흔적이 기초가 되어 그 위에 내 아들들이 2층을 쌓고, 손자가 그 위에 3층을 쌓는 모습을 꿈꾸었다. 이렇게 쌓은 계단이 세대를 거치면서 10층 계단이 될 수 있고, 100층 계단이 될 수 있는 것이다. 이것이 바로 가문이 되고, 역사가 되는 것이다.

혈육 없이 혼자 살아온 나로서는 열심히 1층 계단을 단단하게 쌓아 두는 일이 내가 할 수 있는 일이었다. 그런데 내 자식들이 2층 계단을 단단하게 쌓을 만큼 잘 키우질 못했다.

내가 한 고생을 자식들에게는 절대 물려주지 말아야 한다는 생각이 잘못되었다는 것을 영광이와 밤새 대화를 하면서 비로소 깨닫게 되었다.

내가 시작한 1층 계단 위에 영광이가 3층 계단을 가장 잘 쌓을 수 있다는 것을 알게 되어 오늘 이 결정을 하는 것이다.

이 결정은 먼저 하늘나라에 간 집사람의 뜻이기도 하다.

못난 애비와 할애비로서 마지막 잔소리다.

자식을 키우면서 부부가 잘하는 분야를 서로 조화롭게 분담해라.

교육을 잘 아는 쪽이 교육 문제를 담당하고, 경제에 밝은 쪽이 경제를 책임져야 한다.

부부는 평생 협력자이고 조언자로 살아야 하는데, 나는 모든 권한을 쥔 지휘관처럼 살았다.

미안하다. 내가 너무 늦게야 깨닫게 되었구나.

둘째 며느리가 나에게 준 성경을 읽고, 나는 오늘의 결정을 할 수 있었다.

아기 한 명을 놓고, 서로 자신의 아들이라고 주장한 두 여인에게 공평하게 아이를 절반씩 나누어 가지라는 솔로몬 왕의 판결을 통해 진짜 어머니를 찾아낸 지혜를 성경에서 배웠다. 내가 죽은 후 두 달이 되는 날에 이 유언을 공개하도록 한 이유다.

이제라도 성경을 알 기회를 준 둘째 며느리가 정말 고맙다.

내가 죽고 나서 너희들의 결정이 이 유언 내용과 똑같았으면 하는 것이 내 마지막 소망이다. (콜록콜록)

서로 돌아가면서 시아버지가 남긴 유언증서와 녹취록을 읽었다. 읽고 나서 남편은 멍하니 창밖을 쳐다보았고, 아주버니는 눈물을 계속 닦아 냈다.

잠시 후 변호사가 서류를 가지고 회의실로 들어왔다.

"유가족이 원하시면 유언 집행 당시 육성을 공개하겠습니다. 공개를 원하시나요?"

"아버지가 한 말씀이 정확하니, 녹음 파일 공개는 필요 없습니다."

아주버니가 말하자 남편과 고모도 고개를 끄덕였다.

"그럼, 고인 이광수 님의 뜻대로 신탁한 둔촌주공아파트는 고인의 손자인 이영광 1인에게 소유권을 넘기도록 하겠습니다. 이곳에 법정상속인이 서명, 날인해주면 절차는 종료됩니다. 소유권 이전 절차는 제가 신속하게 처리하겠습니다. 혹시 이영광 님은 오늘 함께 오셨나요?"

"제 큰아들인데 오늘 동행하지 않았습니다."

남편이 대답했다.

"변호사님. 우리 가족들이 이미 한 달 반 전에 이 아파트를 조카 영광이에게 주기로 합의를 했습니다. 유언 집행에 관해서는 어떤 이의도 없습니다."

아주버니는 단호하면서도 간결하게 말했다.

"아, 그러셨군요. 고인께서도 사후 2개월이 지나고 나서 유언증서를 공개하라고 하셨습니다. 고인의 유언대로 먼저 결정하셨다니, 고인도 하늘나라에서 기뻐하실 것 같네요."

변호사가 제시한 서류에 서명, 날인을 하고 나가려는 순간 형님이 급하게 변호사에게 물었다.

"변호사님! 고인이 사전 상속 유언을 했다고 해도 유류분 청구는 할 수 있는 것 아닌가요?"

그 자리에 있던 사람들이 모두 형님을 쳐다보았다. 변호사는 잠시 머뭇거리다가 찬찬히 설명하기 시작했다.

"말씀하신 대로 유류분이라는 것이 상속인을 위해 법률상 유보된 것으로 최소한의 상속받을 권리를 인정하는 제도인데요. 본건은 유언대용신탁을 한 것으로 피상속인이 살아 계실 때, 이미 재산을 처분한 것으로 보아 상속 재산에 포함되지 않는다고 보고, 유류분 규정에서 예외라는 법원 판결이 있습니다."

변호사의 설명이 끝나자마자 아주버니가 큰 소리로 말했다.

"당신은 쓸데없이 왜 그런 걸 여기서 따져!"

"당신은 좀 조용히 해요!"

"지난번에 모여서 다 끝난 일이잖아. 당신은 아버지 유언 녹취록을 읽어보고도 못 느껴!"

"왜 나는 말도 못 하게 해!"

형님 부부가 갑자기 벌인 말다툼으로 엄숙했던 분위기는 그야말로 난장판이 되었다.

"탐욕스러운 여자 같으니라고…."

아주버니는 형님한테 버럭 화를 냈다. 늘 형님 말에 말없이 따르던 아주버니가 그렇게 화를 내는 모습은 처음이었다. 분위기가 험악해지자 변호사가 끼어들었다.

"아직 유언대용신탁이 일반화되어 있지 않아서 유류분에 대해 물어보시는 것도 당연합니다. 자, 그럼 또 다른 문의 사항 있으시면 해주세요. 뭐든지 좋습니다."

변호사의 말이 끝나자마자 아주버니는 자리를 박차고 뒤도 돌아보지 않고 사무실을 나갔다.

"저 양반이 요즘 좀 이상해졌어. 내가 무슨 말만 하면 저렇게 신경질을 내니 말이야. 나도 이대로는 살 수 없어. 못 살아!"

형님은 절규하듯 말했지만, 누구도 형님 말에 끼어들지

않고 변호사 사무실을 나와 뿔뿔이 흩어졌다.

그날 저녁 늦은 시간에 울먹이는 목소리로 형님한테 전화가 왔다.

"동서!"

"형님. 무슨 일 있으세요?"

"오늘 아버님 유언 문제로 변호사 사무실에서 나갔던 남편이 연락이 통 안 돼서 걱정이야. 자꾸 불길한 생각만 들어서…."

"예?"

"혹시 서방님한테 연락 온 것 없었나 싶어서. 한번 물어봐 줘."

"예, 알겠어요. 형님 너무 걱정하지 마세요. 바람 좀 쐬시다가 돌아오시겠지요."

"이 양반이 지금까지 이런 적이 한 번도 없었거든."

"아주버니 친한 친구분들에게 연락하셨어요?"

"그 사람은 친구가 한 명도 없어. 나랑 약국에만 있었던 사람인데 친구가 어디 있겠어?"

"조금만 더 기다려 보시지요, 형님."

"동서, 미안해."

나는 아주버니가 그동안 살아온 생활을 대충 알 것 같았다.

남편도 한숨을 내쉬며 아주버니에게 전화했지만, 전화기에 전원이 꺼져 있다는 메시지만 나올 뿐이었다.

다음 날 새벽에 형님한테 전화가 왔다.

"동서! 어제 늦은 시간에 전화해서 미안했어. 남편한테 방금 연락이 왔어."

"아, 다행이네요."

형님은 목소리가 차분했지만 힘없는 목소리였다.

"연락이 오긴 왔는데…."

형님은 말을 하다 말고 갑자기 울기 시작했다.

"형님! 무슨 일 있어요?"

나는 놀라서 물었지만, 형님은 계속 울기만 할 뿐 대답을 하지 못했다.

"남편한테 문자가 왔어. 나랑은 더는 못 살겠으니 졸혼하자는 거야."

"예? 졸혼이요?"

"수진이가 시집갈 때까지만 법률상 부부로 하고, 그 이후에는 이혼을 하자는 거야."

"그래요? 지금 어디 계신데요?"

"어디에 있는지 말도 안 하고, 당분간 좀 쉬다 갈 테니 찾지 말라는 내용으로 문자만 받았어."

"일단 연락이 돼서 다행이네요. 저도 밤새 한잠도 못 잤어
요. 아버님께서 갑자기 돌아가시고, 장남인 아주버니가 충
격을 많이 받으신 것 같아요."

"동서. 30년 이상 살다가 갑자기 졸혼하고, 이혼하자는
사람이 제정신이 아니지?"

"글쎄요. 저도 처음 듣는 말이라서 뭐라…."

시아버지가 돌아가신 후 아주버니가 갑자기 변화한 것을
보고, 남편이 결정장애가 있다고 말한 여자 심리상담사가
생각이 났다. 병원에 전화해서 여자 심리상담사의 상담 일
정을 확인한 후 예약했다.

다음 날 11시 병원에 갔다.

의사 선생님의 진료를 마치고, 심리 상담을 받았다. 남편
은 결정장애가 있고, 나는 집착증과 편집증이 있다고 진단
했던 바로 그 여자 심리상담사였다.

"예전에 선생님께 상담받았던 나예주입니다."

"예, 나예주 님. 6월경 저한테 상담받은 적이 있었고, 그
이후엔 김상기 선생님한테 두 번 상담을 받으셨네요."

"예, 선생님."

"오늘은 어떤 일로?"

"예. 오늘은 상담보다는 처방을 좀 받기 위해서 왔어요."

"처방은 의사 선생님한테 받으셔야 하는데…."

"그런 처방이 아니라 인생 처방입니다."

"예? 인생 처방이요?"

"예. 지난번에 상담을 하면서 제 남편이 결정장애가 있다고 진단을 내려주셨는데요."

심리상담사는 컴퓨터를 통해 자료를 살펴보고는 말했다.

"예. 제가 그렇게 말했었지요."

나는 시아버지가 사망한 이후 있었던 과정을 심리상담사에게 간략하게 설명했다.

"제 아주버니도 결정장애가 있었던 것 같은데요. 그렇게 갑자기 사람이 바뀔 수 있었던 이유와 제 남편은 어떻게 해야 결정장애를 극복할 수 있는지 여부가 궁금해서 찾아왔어요."

심리상담사는 약간 난처한 표정을 지었다가 단호한 목소리로 말했다.

"결정장애 증상은 일시적인 환경 변화로 극복하기는 쉽지 않아요."

"그래도 고치는 방법이 있지 않겠어요?"

"중년 남자들은 배우자의 역할이 가장 중요해요. 남자에게 자신감과 자존감을 높여줘야 하는데, 여자들이 그렇게 하기가 쉽지 않잖아요?"

"자신감과 자존감이요?"

"생리학적으로 볼 때 나이가 들면서 남자는 남성 호르몬이 줄어들어 여성화되고, 여성은 여성 호르몬이 줄어들어 남성화된다고 하잖아요. 그래서 남성은 자신감과 자존감이 줄어들게 되어 있는데, 그걸 높여주는 방안이 쉽지 않지요."

"아, 예."

"또 처방은 사람마다 다를 수밖에 없는 것이고…, 전 원리만 알려드릴 수 있어요."

"예. 이해가 갑니다."

"부부가 함께 심리 클리닉을 받는 프로그램도 있기는 하지만, 그 효과도 그리 크지 않아요."

"그럼 결과적으로 여자가 남자의 기를 살려주는 수밖에 없겠네요."

"그렇지요. 남자가 알아차리지 못하게, 지속적이고 일관되게 기를 살려주는 것이죠. 그러다 보면 남자들이 자신이 정말 그런 줄 알고 착각할 정도가 되어 어느 정도 효과가 있게 되죠. 남자는 나이가 들면 아이같이 된다고 하잖아요"

"결국 남자는 여자 하기 나름이네요."

"그런 셈이죠."

"잘 알겠습니다. 오늘 처방 감사합니다."

상담을 마치고 나오면서 답답함은 약간 해소되었지만, 상담사가 준 처방을 실행하는 일이 쉽지는 않을 것 같다고 생각했다.

2020년 12월 21일 병무청에서 영수에게 특별 송달 우편이 배달되었다. 2021년 1월 4일 논산훈련소로 입소하라는 입영통지서였다.

나는 입영통지서를 받고 바로 영광이에게 전화했다.

"영광아. 영수에게 내년 1월 4일 논산훈련소로 입대하라는 입영통지서가 나왔어. 영수가 공무원 시험 공부를 하는데 어떻게 하면 좋니?"

"아, 걱정 마세요, 엄마. 제가 영수하고 상의해서 잘 처리할게요."

"그래. 그런데 왜 우리는 이렇게 1월 초에 갑자기 임영통지서가 나오는 거니?"

"병무청에서 1월 초에는 많은 자원을 대상으로 입영통지서를 보내요. 그런데 저같이 아무것도 모르는 사람이나 입대를 늦추던 사람들만 입대하고, 잘 아는 사람들은 입대 연기를 해요."

"1월 초에 입대를 꺼리는 이유가 있니?"

"1월 입소자는 겨울을 두 번이나 지내야 하잖아요."

"아, 그렇구나. 입영 연기 사유가 여기 적혀 있는데 영수한테는 해당 사항이 없는 것 같은데?"

"엄마. 그래서 제가 영수가 지난 학기 휴학을 하고 공무원 시험 공부를 한다고 했을 때, 11월경 연기 사유로 자격증 시험 신청을 하라고 했어요. 자격증 시험 때까지 연기하고, 내년 초에 공무원 시험 응시 원서를 접수하면 합격자 발표 시점까지 또 연기하면 돼요. 걱정 마세요."

"아, 그래? 잘했네. 영수가 일단은 시험을 치르고 입대를 한다니 마음이 좀 놓이는구나."

"예, 그렇지요. 군에 안 가겠다는 것이 아니라 연기하는 거니까요."

"형만 한 아우 없다고 하더니, 네가 대견하다."

"먼저 경험한 형이니 제가 잘 알 뿐이죠."

영광이가 형 노릇을 제대로 하는 것 같아 대견스러웠다.

"그래. 고맙다, 영광아! 한 가지 궁금한 게 있는데 물어봐도 될까?"

"예, 엄마. 뭐든지 물어보세요."

"네가 한 달이나 일하러 간다고 할아버지께 말씀드렸을 때, 할아버지께서 정말로 승낙하셨는지 궁금하구나."

"예, 엄마. 이제는 말해도 할아버지와의 약속을 어기는 것이 아니니깐 말씀드릴게요."

"그래. 고맙다."

"처음에는 아무 말씀도 하지 않으시다가 선택의 자유를 줄 테니 선택하라고 하셨어요."

"선택의 자유?"

"예. 할아버지는 늘 좋은 결정을 정해서 줬는데, 결과적으로는 자식들이 스스로 결정을 하지 못하게 키운 것이 후회스럽다고 말씀하셨어요."

"다른 말씀은?"

"누구나 태어나서 죽을 때까지 3대가 함께 살고, 그래서 3층 계단을 쌓는다고 말씀하셨어요."

"3층 계단?"

"예. 누구나 자신만의 계단을 쌓지만, 동시에 아버지, 자식, 손자가 쌓아서 3층 계단이 되는 것이고, 그 계단이 모이면 10층, 100층이 되는 역사가 된다고 말씀하셨어요."

"아, 정말로 귀한 말씀이다."

"제가 다시 대학 공부를 시작한 이유도 할아버지께서 쌓기 시작한 1층 계단에, 제가 3층 계단을 잘 쌓기 위해서고요."

"그랬구나."

"엄마. 저도 엄마한테 정말 궁금한 게 있는데 여쭈어봐도 될까요?"

"그럼. 뭐든 물어봐도 좋아."

"엄마는 잠실 큰엄마한테 한마디 불평이나 비난을 하지 않는데, 그 이유가 늘 궁금했어요."

"나도 물론 불만과 화가 날 때가 있지. 그런데 엄마는 사람에 대하여 섣부른 판단을 하지 않으려고 노력해. 일단 판단을 하고, 욕을 하면 속은 시원하게 정리가 되지만, 그 사람과의 미래 관계는 개선되지 않고, 오히려 더욱 나빠지거든. 그래서 판단을 늦추는 거지. 혹시 내가 편견과 선입견으로 상대방을 섣불리 판단하는 것이 아닌지, 시간을 더 두고 보는 거지."

"아, 너무 멋있네요. 저도 꼭 그렇게 할게요."

아주버니는 홍천 시골집에서 한 달간 생활했다. 형님이 찾아가서 그동안의 잘못을 진심으로 사죄하고, 용서를 구했다고 한다. 형님이 5일 동안 밤낮으로 아주버니가 시키는 일을 두말없이 다 해내자 그제야 형님을 용서해주었다고 한다.

시아버지의 유언증서대로 둔촌주공아파트 조합원 입주권을 영광이 명의로 변경한 조합원 권리증을 받았다.

2021년 1월 3일 일요일 아침

영수가 집을 나서면서 불쑥 말했다.

"엄마. 오늘 저녁은 가족들 모두 같이 식사를 했으면 좋겠어요."

"왜? 무슨 일이 있니?"

"새해를 맞이하여 온 가족이 피자라도 같이 먹었으면 해서요."

영수는 그 말을 하고는 집 밖으로 뛰어나갔다.

"…"

무슨 말을 할 틈도 주지 않고 뛰어나가는 통에 나는 그저 영수의 뒷모습만 쳐다볼 뿐이었다. 갑자기 영광이가 말년 휴가를 나와서 인테리어 일을 하러 나갈 때 모습이 문득 떠올랐다. 왠지 불길한 느낌이 들었다. 급히 무릎을 꿇고, 손을 모아 기도를 했다.

그날 저녁, 모처럼 온 가족이 한자리에 모였다. 영수는 머리를 짧게 깎은 모습이었다.

"영수야. 시험이 얼만 남지 않아서 머리를 짧게 깎았니?"

"…"

온 가족이 영수를 쳐다보았지만, 그는 아무 대답도 하지 않았다.

"우와, 치킨하고 피자를 준비하셨네요."

영수는 식탁 의자를 당겨 앉았다. 영광이와 영서도 영수와 같이 피자를 먹기 시작했다. 한참을 먹고 나자 영수가 나와 남편을 쳐다보면서 말했다.

"엄마 아빠! 저, 사실, 내일 논산훈련소로 입소해요."

"뭐라고?"

모두 놀라서 영수의 얼굴만 쳐다볼 뿐 아무런 말도 하지 못했다.

"영광아! 영수 입대 연기 안 했니?"

영광이는 동생을 이해할 수 없다는 듯 쳐다보았다. 영수는 형에게 미안한지 머리를 긁적였다.

"그럼, 내일 몇 시에 집에서 출발할 예정이야?"

남편은 차분하게 내일 일정을 챙겼다.

"사실은 대학 친구도 입소하는데, 그 친구 아버지 차를 같이 타고 가기로 했어요."

"그렇구나."

"죄송해요. 갑작스럽게 입대하게 되어서요. 특히 형한테 미안해."

"난 괜찮은데…"

영광이는 더는 말을 하지 않았다.

그렇게 2021년 첫 번째 가족 식사를 마쳤다.

온 가족의 밤잠을 설치게 만들어 놓고, 영수는 다음 날 아침 논산훈련소로 떠났다. 그렇게 영수는 가족들과 상의 한 마디 없이 갑작스럽게 입대했다.

둔촌주공아파트 분양권은 시아버지가 영광이에게 준 큰 선물이었다. 그리고 1층 계단과 3층 계단을 더 단단하게 만드는 2층 계단을 쌓는 일이 내 임무였다.

아브라함이 이삭을 낳고 이삭은 야곱을 낳고 야곱은 유다와 그의 형제들을 낳고, 야곱은 마리아의 남편 요셉을 낳았으니 마리아에게서 그리스도라 칭하는 예수가 나시리라.

내가 시아버지에게 선물한 성경책을 펼쳤을 때, 유난히 이 부분을 여러 번 읽으신 흔적이 남아 있었다. 마태복음 1장이었다. 그리고 여백에 '예수님이 태어나기까지 42대에 이르렀다. 42층 계단'이라는 글이 쓰여 있었다. 영광이가 말한 3층 계단이라는 말을 비로소 이해할 수 있을 것 같았다.

군대 간 아들 영수로부터 편지가 왔다.

제가 갑작스럽게 입대하게 돼서 많이 놀라셨죠?

할아버지께서 돌아가시고, 혼자 이런저런 생각을 하다가 입대해야겠다고 결정했어요.

죄송해요. 큰 결정을 가족들과 상의하지 않아서요.

집안의 기둥인 형과 영서가 곧 대학 생활을 시작하니 제가 군에 가는 게 맞다고 생각했어요. 그래서 친구와 동반 입대 신청을 하게 된 거예요.

제가 군대 생활을 하는 동안 형과 영서는 대학 생활을 하고, 제대 후에 전 공무원 시험 준비를 제대로 해볼 생각이에요.

엄마와 아빠의 어깨에 놓인 짐을 하나쯤 내려드리고 싶었어요.

곧 하남에는 지하철이 완전 개통되겠네요.

하남이 아주 활기찬 곳으로 변할 것이라는 생각에 기대가 많이 돼요.

작년에 서울에서 하남으로 이전한 교회가 있는데 영상 예배가 인상적이더라고요.

특히, 가정의 위기가 오히려 전화위복의 기회가 될 수 있다는 설교 말씀이 감동적이었어요. 이 설교를 들으면서 위기를 이겨내고, 좋은 쪽으로 전화위복이 된 우리 집 생각을 많이 했어요.

건강하게 군 생활 잘하고 있으니 걱정하지 않으셔도 됩니다. 군대에서 스스로 성장하는 아들이 되겠습니다.

1주 후에 훈련을 마치고 부대 배치가 될 예정입니다.

부모님! 부디 건강하세요.

저도 잘 생활하겠습니다. 다시 뵐 때까지 건강하세요.

충성!

0331번 훈련병 이영수 올림

영수가 보낸 편지를 읽고 또 읽었다. 엄마로서 부끄러웠다. 열심히 살아왔다고 자부했지만, 아이들이 커가면서 부모로서의 '나'는 부족한 게 참 많다는 걸 실감했다.

지나고 보니 부모의 말 한마디, 작은 몸짓 하나도 아이들에게는 성장의 영양분이 되고, 습관의 본이 된다는 것을 조금은 알 것 같았다.

지난 시간이 안타까웠다.

깨어 있는 시간 동안 자식들을 위해 기도했지만, 시간만으로는 부족했다.

이젠 아이들을 품 안에서 놓아주고, 나만의 2층 계단을 충실하게 쌓아가야겠다고 다짐해본다. 시아버지가 쌓아놓은 1층 계단 위에 나의 2층 계단을 단단하게 쌓아야, 그 위에 자식들이 3층 계단을 잘 쌓을 수 있을 테니까.

이제부터는 2층 계단을 쌓는 데만 온 힘을 다할 생각이다. 천사가 온 이후 곧 뒤쫓아올 악마를 막을 수 있는 나만의 방패를 준비하면서.

3층 계단

1판 1쇄 인쇄 2021년 11월 09일
1판 1쇄 발행 2021년 11월 16일

지은이 신호종
펴낸이 신호종
펴낸곳 에이트리
주소 경기도 하남시 신장로 114, 1822호 (덕풍동, 포스코ICT)
등록 2020년 12월 22일 제2021-000047호

전화 070-7799-0331
팩스 031-795-6731
이메일 ghwhd1104@naver.com

ISBN 979-11-975982-0-3 (03810)

ⓒ 2021 신호종